世界を文学でどう描けるか

KUROKAWA Sou

黒川創

TOSHO MIGIWA

目次

世界を文学でどう描けるか

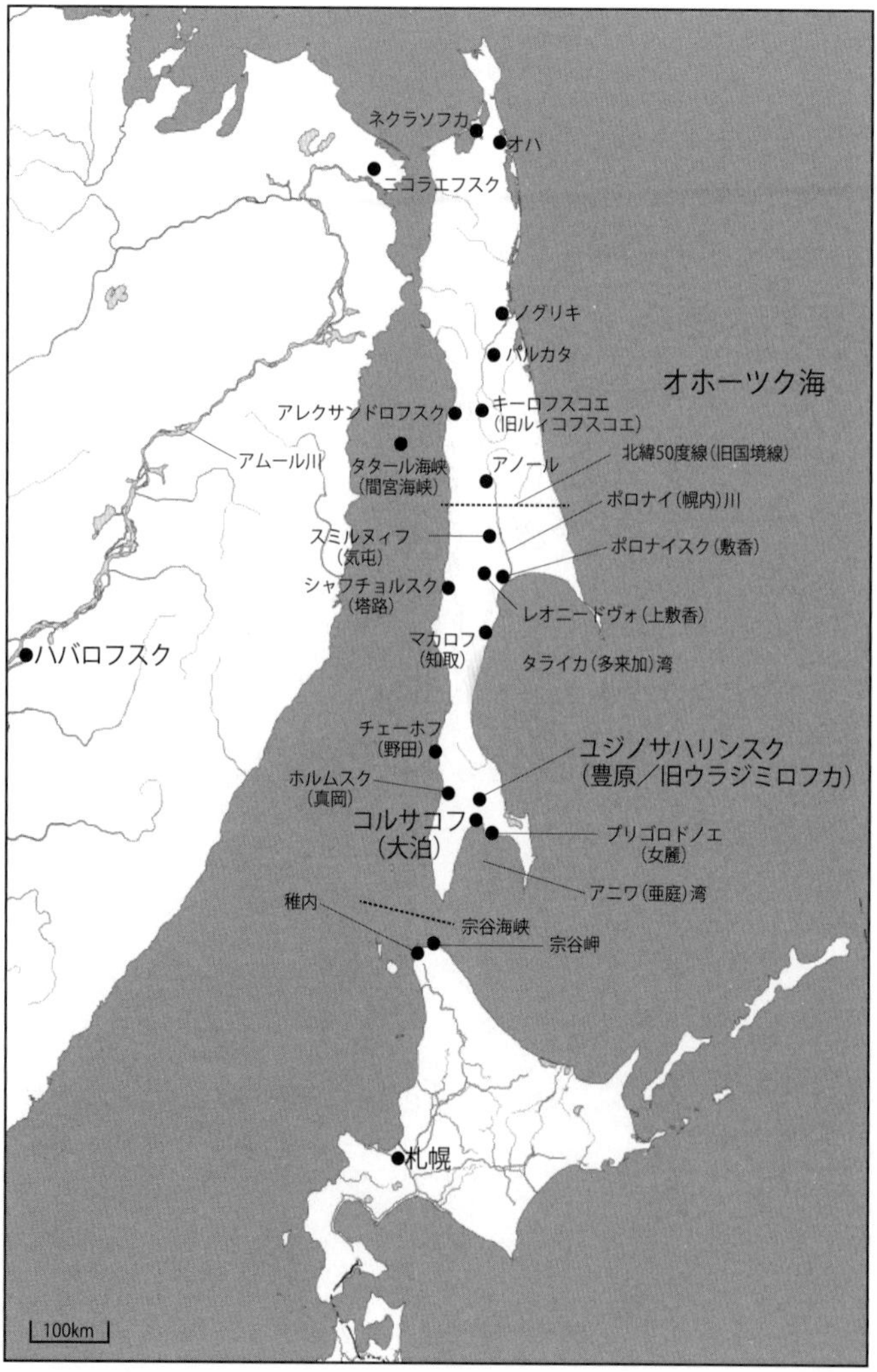
ネクラソフカ
オハ
ニコラエフスク
ノグリキ
パルカタ
オホーツク海
アレクサンドロフスク
キーロフスコエ
(旧ルィコフスコエ)
アムール川
タタール海峡
(間宮海峡)
アノール
北緯50度線(旧国境線)
ポロナイ(幌内)川
スミルヌィフ
(気屯)
ポロナイスク(敷香)
シャフチョルスク
(塔路)
レオニードヴォ(上敷香)
ハバロフスク
マカロフ
(知取)
タライカ(多来加)湾
チェーホフ
(野田)
ユジノサハリンスク
(豊原/旧ウラジミロフカ)
ホルムスク
(真岡)
コルサコフ
(大泊)
プリゴロドノエ
(女麗)
アニワ(亜庭)湾
稚内
宗谷海峡
宗谷岬
札幌
100km

1　私がサハリンに行ったとき

二〇年余り前、サハリン島を、島の北端の村まで旅した。北海道のさらに北、宗谷海峡を隔てて、そこから南北一〇〇〇キロ近くにわたって細長く伸びている島である。かつて日本では「樺太《からふと》」と呼んでいた。島の北西部は、狭いタタール海峡（間宮海峡）をはさんで、ユーラシア大陸、アムール川の河口付近に向きあっている。大陸とのあいだは、最狭部だと、わずか七キロ余りしかない。だから、大陸側の北方先住民族たちも、冬のあいだは凍結したタタール海峡を犬橇などで渡って、サハリン島に行き来することができたという。

私がサハリン島に向かったのは、二〇〇〇年九月なかば。北海道の最北の港町・稚内から、サハリン島南部の港町コルサコフまで、「アインス宗谷」というフェリー（二六二八トン）で宗谷海峡を渡った。よく晴れた稚内の埠頭から、午前一〇時の出港だった。旅客定員二二三名の船だが、乗船客はまばらで、五〇人ほどの乗客は大半がロシア人だったように覚えている。フェリーの運航は夏季に限られており、このとき私が乗ったのは、サハリン島に向かう、その年の最終便だった。

現在のロシア連邦の前身、社会主義体制のソ連（ソヴィエト社会主義共和国連邦）が一九九一年に崩壊するまで、冷戦下のサハリン島は、同国の極東における軍事的要衝と位置づけられて、外国人の入域が許されない土地だった。だが、冷戦終結とソ連崩壊を経て、稚内―コルサコフ間にフェリーによる定期航路を再開させようという動きが起こる。数年間の紆余曲折を経て、「アインス宗谷」による定期就航が始まるのが、私がサハリン島に向かう前年、一九九九年のこと。そして、この二〇〇〇年も、五月から九月にかけて合計三〇往復の就航が行なわれてきたのだった。

ここで、稚内―コルサコフ間の航路を「再開」と述べることにも経緯がある。これよりさらに半世紀余りさかのぼり、一九四五年、第二次世界大戦での日本敗戦まで、その航路は「稚泊《ちはく》航路」と呼ばれて、日本の鉄道省が両地のあいだに連絡船を就航させていた。なぜなら、この敗戦に至るまでの四〇年間、「樺太」の南半部は、日本の植民地とされていたからである。

細長いサハリン島のほぼ中ほどを、北緯五〇度線が横切る。一九〇五年から四五年までは、これを国境にして、北側の北サハリン（北樺太）がロシア（ソ連）領、南側の南サハリン（南樺太）が日本領とされていた。

日本は、日露戦争の勝利（一九〇五年）で、それまで全島が帝政ロシア領だったサハリン島の南半部を割譲され、手に入れる。日本にとって、日清戦争の勝利による清国からの台湾割譲（一八九五年）に続く、海外植民地の獲得だった。

まもなく日本は、この地の鉄道開設にも着手する。

一九〇六年、日本陸軍はコルサコフ（のちの大泊）―ウラジミロフカ（のちの豊原、ユジノサハリンスク）間に軌間六〇〇ミリ（左右のレールのあいだが六〇〇ミリ、という意味）の軽便鉄道を敷設。一九一〇年には、樺太庁鉄道として、日本内地の国有鉄道と同じ軌間一〇六七ミリに改められて、延伸工事が続く。日本領内最北の支庁所在地、東海岸のタライカ（多来加）湾に面する敷香《しすか》（のちのポロナイスク）まで延長されるのは、一九三六年のこと。大泊港から三三〇・三キロに及ぶ鉄路である。

こうした一連の動きに合わせて、一九二三年、大泊と稚内のあいだに「稚泊航路」の定期連絡船が開設される。この航路では、両港の自然条件が厳しく、内地の青函連絡船や宇高連絡船で行なわれていたような、貨物車両をそのまま船内に引き込む「車両輸送」は実現されなかった。だが、それぞれの鉄道路線は、やがて両港の埠頭まで延長されて、旅客の乗り継ぎや貨物の積み下ろしにも便宜が図られた。

サハリン島は、元来、アイヌ、ニヴヒ、ウイルタなどの北方先住民族が、まばらに暮らす島だった。やがて、そこに、日本人、中国人、朝鮮人、ロシア人の漁師、商人たちも加わる。日ロ間で、サハリン島が領土問題の対象として意識されるようになるのは、一九世紀なかばごろのことらしい。とはいえ、これについての最初の取り決めとなる日露和親条約（一八五五年）も、従来通り、日ロ両国の雑居、共同領有の地とみなすことを確認しただけで、事を荒立てるのは避けている。以後、サハリン島の領有権については、およそ次のような経緯をたどる。

①日ロ両国の雑居、共有の地とされた時期。（一八五五～七五年）

②樺太千島交換条約によって、サハリン全島がロシア領とされた時期。（一八七五～一九〇五年）

③日露戦争後のポーツマス条約によって、南サハリンが日本領、北サハリンがロシア領とされた時期。（一九〇五～一九二〇年）

④ロシア革命への干渉戦争に日本が乗り出したシベリア出兵の延長で、日本軍が北サハリンをも軍事的に占領（保障占領）した時期。（一九二〇～二五年）

⑤日ソ基本条約が締結されて、北サハリンがソ連（もとのロシア）領、南サハリンが日本領という状態に復した時期。（一九二五〜四五年）
⑥第二次世界大戦での日本敗戦によって、全島がソ連（のちにロシア）領とされる時期。（一九四五年〜）

ともあれ、私がサハリンに旅をした二〇〇〇年は、ソ連崩壊から九年後である。社会主義の政治システムは、すでに潰えていた。一方、それに代わる資本主義のシステムも、まだサハリンには十分に到着していない、という状態のように見受けられた。

当時は、サハリンを旅行するにも、ソ連時代以来の厳格な「バウチャー制度」が維持されていた。つまり、旅行期間中のすべてのホテル、フライトなどの予約と支払いを済ませていないと入国用のビザを発給しない、という制度である。

だが、島の南部にある州都ユジノサハリンスクあたりならともかく、私は、島の北端に近いオハや、中部のポロナイスクなどにも滞在したかった。そんな田舎町の宿泊施設について、こちらがあらかじめ知りうる情報はほとんどない。ただの個人旅行で、こうした地域の「宿」の予約と支払いなどをすべて済ませて、無事にビザを取得するところまで、たどり着けるものだろうか？

私は不安だった。

ロシアへの個人旅行の手配を得意とする旅行代理店は、日本国内に片手で数えられるほどしか存在しなかった。私は、東京の小さな代理店で世話になることにした。経営者のAさん自身、祖父が樺太からの引揚者なのだという。その人は、若いころ郷里・福島のチンピラで、刃傷沙汰などを繰り返して、自分の街にいられなくなった。そこで、いっそ樺太に渡って、ひと旗あげてこようと決心した。樺太には、広大な原生林にパルプの資源を求め、王子製紙などの大工場がいくつもあった。だから、森林伐採の現場で働いた。敗戦で内地に引き揚げ、郷里の福島に戻ってからは、堅気の商売で過ごしたという。

祖父から聞いた話をきっかけに、Aさんは、サハリンの地に興味を持った。もともと旅好きで、学生時代から、あちこちに旅行した。けれど、サハリンは、外国からの旅行者に固く扉を閉ざしていた。だから、北海道の北端、宗谷岬から、その島影を遠望するだけで、時代は過ぎていく。だが、ついに、一〇年近く勤めた宅地販売の会社を退職し、ロシア旅行に強い代理店をめざして、単身でいまの会社を起業したのだという。一九九〇年代前半のことではないか。宅地販売の業界では、バブル景気で異様なほどの賑わいも経験したはずで、かえってAさんはそれに嫌気を催すところがあったのかもしれない。私とほぼ同世代の人だったように記憶する。

Aさんと初めて会ったのは、確か、都内のターミナル駅の喫茶店まで出向いてきてもらってのことだった。

「オハまで行きたいんです。週に二便ほど、ユジノサハリンスクから飛行機が出ていると聞きました。あと、ポロナイスクにも。旅程は、全部で二週間ほどになってもかまいません」

サハリンへの旅行計画について、およそこんなふうに、私はAさんに切り出した。オハは、サハリン島の北端に近く、油田があることで知られた町である。

「北サハリンまで行きたい、というお客さんは、うちでは初めてです。しかも、オハとは」

額の汗をしきりにハンカチで拭いながら、Aさんは答えた。

「――サハリン旅行は、普通、三泊程度で、旧日本領のユジノサハリンスクとその周辺、というのが標準的なコースです。だいたいは、高齢の方たちの故郷訪問と、日本時代の古い建物なんかに興味を持ってる方ですから。北サハリンだと、そういうスポットとは、まったく縁がありませんし」

むろん、私だって、北サハリンについては、ほとんど情報を持っていない。ただ、せっかくサハリン島を訪ねるなら、旧日本領だけでなく、かつて国境だった北緯五〇度線を越えて、島のいちばん北まで行っておきたい。そう考えるのは、自分にとって自然なことだった。

「北サハリン、どんなところなんでしょう？」

曖昧模糊と、私は尋ねる。

「自然はすばらしいですよ。タイガ（針葉樹林）がどこまでも続いて、オホーツク海沿いには、美しい湖沼もたくさんある」

Aさんは、旅行業者として手短な模範解答をしたようだ。あとで知ると、彼だって、オハまでは出向いたことがなかったのである。

やがて旅程が決まる。

すると、Aさんは、サハリンに携行するお金について、

「できるかぎり一ドル札で持っていくように」

と助言してくれた。

一ドル札？

サハリン現地で、日本円からルーブルに両替するのは、難しいという。そして、いった

んルーブルに替えると、日本円に両替する手立てもない。

だから、当面必要な現金はドルで用意しておくのが望ましいのだが、なかでも大事なのは、一ドル札などの小額ドル紙幣だというのだ。そもそも、サハリンでは、州都ユジノサハリンスク以外の土地で、銀行が見つかるかどうかもわからない。Aさんは、そういった口ぶりなのである。

銀行を介さない社会なのだ、ということだろう。だから、何かにつけ、一ドル札が使いやすい。二〇ドル、五〇ドル、一〇〇ドルといった高額紙幣では、相手にお釣りの持ち合わせを期待できない。そういった紙幣を持ち歩くのは、危険でもある。むしろ、使い古して、擦り切れかけた小額ドル紙幣こそが、いまや、世界各地の辺境社会の「国際通貨」なのだということでもあるだろう。

だが、厄介なのは、日本の市中銀行で、どうすれば「一ドル札」という小額紙幣を大量に手に入れられるか、という問題である。何軒か、都内の市中銀行をまわった。だが、どの銀行も両替用に準備されているのは、二〇ドル、五〇ドル、一〇〇ドルといった高額紙幣が基本で、「一ドル札」は端数の釣り銭用にわずかな枚数が用意されている程度なのである。一〇〇ドル分ほどの「一ドル札」を入手するにも、ひどく苦労した。

二〇〇〇年には、ユジノサハリンスクに、日本総領事館もまだ置かれていなかった。現地の日本政府の出先機関は、在サハリン出張駐在官事務所に過ぎなかった。

外国企業の参画をつのる石油・天然ガス田の開発プロジェクト「サハリン1」「サハリン2」も、ようやく本格的に動きだしたか、という時期である。ウラジーミル・プーチンが、この年、ロシア連邦大統領の座に就いた。

私自身も、旅行代理店のAさんと同様、かつては一人旅好きの少年で、宗谷岬からサハリンの島影を眺めて、胸を弾ませていた一人である。だが、時は流れて、四〇歳まぎわで、いよいよ、こうしてサハリン行きを現実のものとできる機会が巡ってきた。

私自身にも、この旅を必要とする理由は増していた。たとえば私は、一九九〇年代、三〇代なかばで、『〈外地〉の日本語文学選』全三巻（一九九六年、新宿書房）というアンソロジーを作ったことがある。第一巻が「南方・南洋／台湾」、第二巻が「満洲・内蒙古／樺太」、第三巻が「朝鮮」という、地域別の構成だった。

一九世紀末から、およそ半世紀間にわたって、日本は、これらの地域を植民地とした。日本語による文学の営みにも、当然、その反映が生じる。つまり、「日本語文学」が生まれる領域は、従来の日本列島という日本語使用圏を越え、アジアとその周辺の植民地圏（戦時下に「大東亜共栄圏」と呼ばれる）、さらに、ハワイ、米国西海岸、ブラジルといった世界各地の移民先にまで及んでいく。

日本人の作家が、現地に出向き、あるいは、その地に定着することで、書いた作品もある。一方、植民地では、現地人にも「日本語教育」が行なわれる。ことに、台湾、朝鮮では、これが強行される度合がいちじるしく、やがては、現地人作家からも「強いられた日本語」で創作する世代が現われた。それでも、言語は、使用者自身の内面化した声である。たとえ他者から強いられた言語であっても、これを創作に用いる局面において、そうした歴史自体への抵抗、個人としての葛藤、あるいは、そこからの逸脱が、自立した表現として達成されることは、ありうる。

だから、こうした範疇に属する作品をできるだけ博捜し、今日なお注目するべき作品があれば、現在の読者の目にも触れやすい形にしておきたい。こういう動機で取り組んだのが、『〈外地〉の日本語文学選』というアンソロジーだった。

二〇世紀前半、当時の日本領樺太（南サハリン）も、こうした領域に含まれた。当時の実作を調べていくと、樺太各地において、さまざまな形で文学活動（詩歌、小説、評論など）が営まれていたことがわかってきた。なかには、譲原昌子《ゆずりはらまさこ》（一九一一～四九）のような、今日ではほとんど忘れ去られているが、力量みなぎる長編小説まで残した作家もいた。だからこそ、かねて私はサハリン現地も見ておきたい、と考えるようになっていた。

一方、私は、日本領樺太には含まれない、北緯五〇度線以北の北サハリンのことも気になった。当時、サハリン島について、日本で入手できる文献資料は限られた。特に、サハリンの通史を本格的に記述したものは少なく、入手可能なものとしてはジョン・J・ステファン『サハリン』（*Sakhalin: A History*, 1971）くらいしかない、というのが現実だった。しかも、米国人の研究者であるステファンは、サハリン現地への入域を一度も許されないまま、この通史を書いたのだった。

同書に、こんな記述があった。

石油がサハリンに存在するものと初めて考えられたのは一八八〇年（明治13）であったが、当時ニコラエフスクのイワノフという商人が、北東サハリンには「死の黒い湖」があり、そこでは鳥が水溜りと見誤りその真黒い沼沢に降りたって死ぬというギリヤーク〔ニヴヒ〕の物語を耳にした。この物語を追って、彼は政府に北サハリンで鉱区の踏査と試掘の請願書を提出したが、彼はこれが認可されるのを見ずに世を去った。彼の娘むこのグレゴリー・ゾートフという退役海軍大佐が、一八八九年（明治22）、シュミット半島のつけ根のオハ地区で「黒い湖」の周辺の試掘を行なうため鉱業権を獲得した。彼はオハとノグリキで試掘に失敗したが、一九〇四年に至り漸くにして石油を掘り当てた。彼は狂喜して「ゾートフ石油協会」設立の資本集めにハルビンに急行したが、彼もまた義父と同様、野望実現の前に世を去ってしまった。

北サハリンの石油は間もなく国際的な関心を呼ぶことになり、L・F・パッツェヴィチ（一八八九年＝明治22）とプラトーノフ（一九〇二年＝明治35）の踏査は石油の実在を突きとめた。プラトーノフはここの地表に近い埋蔵量がカスピ海沿岸のバクーを上回るものであると喜びの声をあげ、またドイツ人地質学者クライは一八九九年（明治32）、オハ地区の詳細な踏査を行った。彼はロンドンで「サハリン・アムール石油シンジケート」という百万ポンドの株式引受のシンジケートを設立し、一九一〇年サハリンに戻ったが、一年後資金不足のためそれ以上の掘削を断念した。一方英米の地質学者たちはこの「新しいバクー」の有望性を立証しはじめた。ドイツ人と清国人で投資した会社は一九一一年（明治44）オホーツク海沿岸のヌトロとノグリキで豊かな油田地帯にたどりついた。

これは、いわば、一つの「世界」の始まりの物語ではないだろうか？

注記しておきたいのは、このエピソードの背景をなすサハリン全島がロシア領とされていた時代（一八七五〜一九〇五年）、当地は帝政ロシアの流刑地とされていたことである。ロシアの中央地モスクワやサンクト・ペテルブルクから見て、この島はシベリアのはるか向こう、文字通り最果ての地であった。石油の発見以前から、サハリンは豊富な産炭地と見込まれており、流刑によって重労働を課された囚人の多くが、石炭採掘に投じられた。（当時、サハリンに配されている流刑者には、こうした労働を課される重労働刑囚のほか、開拓囚、もと流刑囚農民、といった区分があった。開拓囚は、島に点在する小屋に住み、漁業や農業に従事して、内縁の伴侶をもつこともできた。この立場を模範囚として六年過ごせば、法定服役を完了したものとみなして、準公民とでも言うべき、もと流刑囚農民の立場で帰農でき、また、モスクワとサンクト・ペテルブルクを除くロシア本土に戻ることも許された。）

ステファンによれば、サハリン島の流刑囚の総数は、一八七五年の一、二千人程度から、一九〇四年には二万人以上まで増加した。帝政ロシアは多民族国家であり、この流刑者たちを民族別に見るなら、ロシア人が六〇パーセント、ベラルーシ人が一〇パーセント、ウクライナ人が一〇パーセント、ポーランド人が五パーセント、タタール人が五パーセント、ほかに、若干のラトヴィア人、エストニア人、ドイツ人などが含まれていたという。

こうした時代を経た上で、まもなく日本という国家も、北サハリンの石油獲得をめざす時代に入っていく。（一九〇五年八月、日露戦争終盤にサハリン島を占領する日本軍に同行して、同島西岸のアレクサンドロフスクに上陸した地理学者・志賀重昂は、石油坑踏査のため同地に滞在しているドイツ鉱山技師をすぐさま訪ね、「樺太石油坑の消息」を聴取している（「北行日記」同年九月三日及び四日の項、志賀重昂『大役小志』）。この時点で、日本政府も、同地の石油を明瞭に意識していたことがわかる。なお、志賀は、翌一九〇六年七月から一〇月にかけて、同島の北緯五〇度線付近に野営しながら、東西およそ一三〇キロにわたって野越え山越え幅一〇メートルに密林を伐りひらいて国境線を画定する作業にも携わった（「樺太境界劃定」、同）。）

「死の黒い湖」？

私は、こう呼ばれた現地の風光を、わが目で確かめたい、と強く思った。二〇〇〇年のサハリン旅行で、島の北端に近いオハまで出向きたいと考えたことも、もとをただせば、ただ、この記述に出会ったからのことだった。

2　ユジノサハリンスク

稚内とコルサコフの時差は、夏時間で＋2時間、それ以外の季節は＋1時間だった（現在は、通年＋2時間に変更されている）。九月一三日は、まだ夏時間。稚内を午前一〇時に出港した「アインス宗谷」は、五時間半の航海を続けて、コルサコフ港への到着が現地時間で一七時三〇分（日本時間の一五時三〇分）となる。実際には、まだ陽が高い。港に入ると、フェリーは岸壁に船体を寄せていく。

錆の浮くクレーンが、ひときわ高く、岸壁後方に並んで控えている。そのうちの何基かは、ゆっくり、船積みを待つ材木の上を動いていく。背後の丘陵には、五階建てくらいの集合住宅が、棟を並べて、くすんだ外壁を見せていた。

今夜の宿は、ここから三五キロほど離れた州都ユジノサハリンスクのホテルである。サハリン第二の都市から、第一の都市へと向かう。ユジノサハリンスクが人口約一八万人、コルサコフが約三万人。（当時の統計で、サハリンの都市人口はユジノサハリンスク、ホルムスク、コルサコフの順とされていたが、まもなく二位と三位は逆転する。現実には、すでにコルサコフが第二の都市だったのではないかと思われる。ただし、それは、コルサコフが町として成長したというより、ホルムスクの衰退がいっそう著しかったからである。いずれにせよ、当時のサハリンに関する統計類は、正確な実情の反映を期待できそうにないものだった。）

コルサコフ―ユジノサハリンスク間は、日本領時代に建造された鉄道がつないでいる（旧樺太東線。私が訪ねた当時は、まだサハリンの全線が日本時代のまま狭軌軌道だった。現在ではロシア鉄道共通の一五二〇ミリの広軌軌道に改修されている）。また、バス路線もあるはずだ。都市なのだから、タクシーもあるだろう……。私自身は、すっかり、そのように思い込んでいたのだが、すべて甘かった。鉄道があるからといって、サハリンでは、いっつねに列車が走っているとは限らない。日本での常識にもとづく予断や思い込みが、いっさい通用しない。私は、現地に足を踏み入れてから、一つひとつ、そういうことに気づかされた。

稚内港からコルサコフ港に向かう「アインス宗谷」の船中で、レオニードさんという日本語が話せる中年のロシア人と知り合った。サハリンから稚内市に漁業研修に来ていた若い女性たちの引率役をつとめる、大柄で気のいい人である。

「今晩の宿はユジノサハリンスクなのですが、それには、コルサコフ港からタクシーに乗ってしまうほうがよいでしょうか？」

何気なく、私が、そう口にすると、彼の眉が少し曇るのがわかった。

「タクシー？　コルサコフの港にはないんじゃないかな……」

「じゃあ、駅から鉄道に乗るほうが？」

「鉄道？　それも、きょうは、もう走っていないでしょう」

「バスは……」

彼は、同行の若い女性の一人にロシア語で確かめてから、こちらに向きなおって、首を振る。

少し思案する様子を見せてから、レオニードさんは、このように提案してくれた。

「あなたは、ロシア語ができないでしょ？　いまのサハリンは、それでは心配なんです。わたしたちは団体なので、コルサコフに着いたら、通関にしばらく時間がかかります。だから、あなたは、先に通関を済ませて、わたしを待っていてください。ユジノサハリンスクまで乗せてくれる車を見つけるとか、何かお手伝いしますから」

そんな次第で、コルサコフ港の小さな建物で入国審査を済ませると、私は、いきなり波止場前の路上に放り出される仕儀となった。北海道とサハリン島を隔てる宗谷海峡は、もっとも狭いところで四三キロほどに過ぎない。稚内—コルサコフの航路も、たった一五九キロ。東京と静岡ほどの距離である。それだけの海路をはさんだだけで、人の姿も街並みも、ヨーロッパの鄙びた都市のような空間に変わっている。

老若男女、ひまを持て余した様子の人びとが、ベンチに腰を下ろしたり、ガードレールにもたれかかったりして、たたずんでいる。彼らの多くは、古新聞をたたんだ小さな包みを片手に持ち、もう片方の手の指先でそこから何かつまんで、しきりに口元に運んでいる。爪を立てるようにして、種子のようなものを割り、それを唇のあいだにふくむ。割れた滓などは、彼らの足元にそのまま散っている。どうやら、ヒマワリの種らしい。たばこやチューインガム代わりに、口寂しさをまぎらわせる嗜好品というところか。

夕刻の陽は、まだかなり高い。皆、上等とは言えそうにない服装で、そうやって時間を過ごしている。レオニードさんたちの一行中に、書類に不備がある人がいたとのことで、彼の通関には、さらにしばらく時間がかかりそうだとのことだった。結局、彼が姿を現わすまでに二時間かかった。波止場の周囲は、そのとき暗い夕焼けに染まっていた。

波止場の前に一台の車が滑り込んできて停止し、ロシア人らしい男女が、レオニードさんに向けて、合図のクラクションを鳴らした。彼は車に寄っていき、私のほうを指して、この日本人もいっしょに乗せてやってくれと、説得を試みてくれているようだった。腕時計を示して、彼らは時間がないと渋っている様子に見えた。だが、最後には受け入れたらしく、彼らは私に手を貸し、トランク類を車両後部に積み込んでくれた。車が発進する。進行方向の左手、アニワ湾の海面は、残照に赤黒く染まっていた。じょじょに、それさえ闇のなかに沈んでいく。行き違う車は、多くが、やや旧型の日本車のようだった。

「こういうのも、カニ漁船が運んでくるんです」

隣の座席で、レオニードさんが言った。

サハリンのカニ漁船などが、日本の港に入って、荷下ろしする。代わりに、現地で中古車を買い付けて、船に積み込み、戻ってくる。こうした中古車のうち、一〇台に一台くらいは、修理の部品を採るためにバラしてしまう。そして、これらを使って、中古車に必要な修理を施すと、サハリン島内のほか、タタール海峡（間宮海峡）対岸のアムール地方の中古車市場にも送り出していく。

「――日本にはヤクザがいるでしょ？　サハリンやアムール地方にも、ロシアのマフィアがいます。日本で盗まれた自分の車が、ハバロフスクあたりで走っているのを見つける人もいる」

暗い車中で、レオニードさんが小さく笑い声を漏らした。

ユジノサハリンスクの「ホテル・ヤーコリ」は、小ぢんまりとした質素な造りのホテルである。清潔で、従業員もほどほどに親切、私には居心地の良い宿だった。ただし、数日滞在するうちに気づいたのだが、当地のホテルやレストランなどは、どこも〝用心棒〟の男たちを一人か二人置いている。

ホテルでは、客がチェックインしてくる夕刻から夜更けのあいだ、彼らはロビーの隅のあたりで、さりげなく装い、思い思いに過ごしている。まだ一八、九かと思える若僧も、初老に近い男もいる。若僧は、坊主頭で、ストライプ柄のダブルのスーツを着込んでいる。一方、初老の長身の男のほうは、白の開襟シャツにスラックスと、はるかにくだけた姿である。ダブルのスーツの若僧は、ときおり入り口付近に鋭い視線を送りつつ、ソファでグラビア雑誌をめくっている。初老の男のほうは、ガムを嚙みながらテレビ画面を眺めていることが多い。

一方、レストランの用心棒たちは、たいてい、門口の薄暗がりに立っている。店に出入りする男女に、そこから目を光らせる。

街に、こうした店舗、施設は、どれくらいの数があるのか。〝用心棒〟という職種は、この街のチンピラたちに、かなりの雇用をもたらしているのではないか。経営者にとっては、こうやって彼らを雇っておかないと、同類の男たちが、いつ強盗になって押しかけてこないとも限らない。〝用心棒〟の職にあぶれた男が、強盗に転向するかもしれない。それなら〝用心棒〟のまま雇っておくほうが望ましい。こうした経営者たちの判断も〝用心棒〟への需要を支えているのではないかと思われた。

ホテルの用心棒という仕事は、真っ昼間のあいだ、ひまである。だから、奥の厨房まで入り込み、料理係の女たちに混ぜてもらって、ペリメニづくりの手伝いに励む〝用心棒〟も見かけた。

マフィアとは、何か？　それは、こうした社会のシステム全体を指すようにも思われた。

「上等な車を路上にひと晩駐めておくと、かならずマフィアが運び去ってしまう」

などとも、よく聞かされた。

とはいえ、私はサハリンに滞在中、身の危険を感じたことはなかった。ことに州都ユジノサハリンスクでは、深夜も街角のあちこちにキオスクのような店が開いていて、食料品でも酒でも手に入った。また、そんな時間にも、女性が一人で街を歩いている。この点では、東京とほとんど同じような街なのである。

敗戦直後の日本においても、「国家権力」が衰微した。そうした街の盛り場などで、それなりの秩序の維持を担ったのは、地回りのヤクザたちだった。高倉健主演、池部良共演で知られる「昭和残侠伝」というのは、そういう映画である。この秩序に護られながら暮らしているかぎり、ヤクザ者たちが堅気の人びとに手出しをすることはない。

彼らは、露店や盛り場、港湾、卸売市場、流通、興行の世界を仕切る勢力として存在し、このシステムを回していた。法（掟）と制度化された暴力装置（軍、警察）、さらに、何がしかの微税権を後ろ盾に、社会全体の秩序を維持していく点では、「国家」も「ヤクザ」も、同型である。どんな権力が、この役割を担うかは、そのときどきの社会情勢によって変わってくる。選挙で選ばれた政府、ヤクザ者の組織、クーデタで権力を掌握した軍部、あるいは、巨大IT企業も含めて、この世界にはさまざまな支配の形態が存在する。

当時、サハリンには、クロネコヤマトのような全島をカバーする物流会社は存在していなかった。ただ、そうしたなかでも、さまざまな物資が調達されて、それなりに市場社会は回っている。なぜなのか？

たとえば、自家用車を持つ男たちには、知人を通して声がかかって、物資の長距離輸送を単発で請け負ったりすることが、日ごろからあるようだった。こうしたネットワークを運用することにも、「マフィア」の役割はあっただろう。これも一種の社会的なインフラストラクチャーである。つまり、社会の成熟の形態には、さまざまな道筋がありうるということではないか。

ユジノサハリンスクでは、グリゴリーという髭面の中年男性に、ドライヴァー役を請け負ってもらっていた。また、通訳兼ガイドは、キム・オクスン（金玉順）さんという、この年七一歳になる朝鮮人女性にお願いした（初日は、ターニャというユジノサハリンスク大学日本語学科に学んだ朝鮮系三世の若い女性が担当してくれたのだが、彼女の関心領域などが私の必要と合致せず、キムさんに交代してもらった）。これらについては、東京の旅行代理店のAさんからの手配で、ユジノサハリンスクのインツーリスト（ロシアの半国営の外国人観光客向け旅行会社）を通して準備がなされていた。だが、さらに先のポロナイスク、オハなどでは、そうはいかない。インツーリストとしても、現地のつてをたどりながら、そのつど、助力してくれそうな人を探しだすことになるという。旧日本領ではない、北サハリンのオハなどでは、日本語通訳を見つけることなどは望めない。ドライヴァーは見つけられるにせよ、英語で通訳できる人間を探すことさえ難しい。いくらか英語を話せる程度という人物を探しだせれば上出来だと、考えておいてほしいと言われていた。

第二次世界大戦末期まで、日本とソ連は、サハリン島で北緯五〇度線の国境をはさんでつばぜり合いを続けながらも、かろうじて日ソ中立条約を維持しており、交戦には至っていなかった。だが、一九四五年、ソ連は日ソ中立条約の破棄を通告（四月）した上で、八月八日、日本に宣戦布告。サハリン島では、同月一〇日に国境線を破って日本領内に進攻し、両軍の戦闘が始まった。

当時、日本領樺太（南サハリン）の人口は、約四〇万人（二万数千人の朝鮮人を含む）。ソ連軍の侵攻直後から、樺太庁による緊急疎開が実施され、八月二二日の停戦協定成立までに、このうちおよそ一〇万人の島民が日本本土へと脱出した。だが、ソ連軍が南サハリンを占領するのと同時に、日本人の内地への引き揚げは、いったんすべて禁じられた。戦後、ソ連の施政下で、日本人の引き揚げが始まるのは一九四六年一二月。それから四九年七月までのあいだに、現地に残っていた日本人の大半、約三〇万人が内地に引き揚げた。ただし、このとき、引き揚げの対象から朝鮮人は除外されている（日本敗戦まで、彼らは日本の植民地の住民として「日本人」だった）。

わけても朝鮮南部（一九四八年に成立する大韓民国にあたる）出身の者は、戦後、ソ連と韓国のあいだに国交がない状態が続いたことで、長く帰郷が許されない状態に陥った。日本政府も、旧宗主国として、彼らの帰郷実現に手を尽くすことがないまま、長い歳月が過ぎていった。現実には、そうした時間のあいだ、サハリンに残留する個々の朝鮮人の身の上にも、それぞれの事情が生じていく。

私がユジノサハリンスクでの通訳兼ガイドを引き受けてもらったキム・オクスンさんも、日本領樺太時代に当地で女学生時代を過ごしたあと、ソ連領に移行した南サハリンに残留したまま戦後を過ごしてきた女性である。彼女の場合、出生地は朝鮮北部の咸興《ハムフン》なのだが、両親が朝鮮への帰還を望まなかったこと、戦後早い時期に朝鮮南部の出身者と結婚したことなどの経緯も生じて、サハリンに残留したまま過ごすことになった。

なお、私にとって、サハリン島に来てから、釈然としないことのひとつは、現地の旅行会社の関係者などから、

「サハリン最後のアイヌ民族の女性が、つい先年、亡くなった。だから、サハリンには、もうアイヌ民族の住民はいない」

と、たびたび耳にすることだった。

真偽をキム・オクスンさんに確かめてみても、

「そうらしいですね。新聞でも報じられていました」

とのことである。キムさん自身、娘時代、日本統治下の樺太では、同世代のアイヌの友だちもいたということだから、これはこれで実感を伴う報道だったのだろうと思われた。

けれど、それにしても、「最後の」アイヌ民族って？

アイヌは、ニヴヒ、ウイルタと並んで、サハリンの主要な先住民族の一つである。主に

島の南半部に居住して、ほかの先住諸民族とは異なり、日本領時代、一九三三年以降は、おしなべて日本国籍を有していた。だから、日本敗戦に伴って、多くが日本内地に「引き揚げ」た。だが、それからのちも、およそ一〇〇人程度のアイヌが、ソ連領となったサハリンの地に残留したと言われている。さらに、他民族との通婚と混血も進んだことで、少なくとも人数の上では、血統を引く子孫はさらに増えたのではないかとも想像できる。

したがって、「最後のアイヌ民族」が亡くなった、という表現が示すのは、あくまでも、現在のロシア連邦下のサハリンで、自身の民族名を「アイヌ」と申告している者が「皆無」になった、という社会的・政治的な事象のことではないかと思われた。たしかに、一九七九年の時点で、ソ連（のちにロシア）政府の少数民族の公式リストから、「アイヌ」は外されているという。

私たちは、まずはユジノサハリンスクから車で峠越えして、西海岸のホルムスク（日本領時代の真岡）、チェーホフ（日本領時代の野田）などに向かった。キム・オクスンさんにとって、ホルムスクは、少女時代、寄宿して女学校生活を送った町である。その翌日には、アニワ湾沿岸部をめぐって、もう一度、コルサコフを訪ねる。ツンドラの平原は、地中の炭化物が自然発火するらしく、あちらこちらで燻るような煙が、薄くたなびくのが見えていた。

ユジノサハリンスク市内各所をめぐったのは、それに続く一日であったろう。私は、郵便局に立ち寄って、切手などを買いたかった。これには、米ドル札は使えない。キムさんに通訳を頼んで、ドライヴァーのグリゴリーさんに「どこかでドルをルーブルに両替したい」と伝えてもらった。運転しながら、彼はうなずく。そして、人出で賑わう街の中心部のロータリーの歩道に車を寄せていった。車を止めると、彼は運転席の窓ガラスを下ろして、人ごみに向かって、手を挙げた。すると、雑踏のなかから、ジーンズ姿で長身の三〇歳くらいの男が、小走りに駆け寄ってきた。

グリゴリーさんが用件を告げると、その男は、こちらに向き直り、

「ハウ・マッチ？」

と尋ねた。私は、五〇ドル程度の金額を答えたはずである。

男はショルダーバッグから電卓を取り出し、素早く、交換レートとルーブルの金額を示して見せた。うなずくと、バッグの札入れからルーブル紙幣を数えて取り出し、いくらかの小銭とともに、私に手渡して、去っていった。ここでは、こうやってヤミの両替屋を使うのが、一般的なのかもしれない。だが、グリゴリーさんは、どうやって、ひと目で雑踏に彼の存在を識別したのか？　わからないままだった。

このあと、少し早めに昼食を済ませておこうと、グリゴリーさんのなじみの小さな食堂に入った。朝鮮人のクリスチャンの夫婦が営む店だそうで、ククス（うどん）とか、ビーツのサラダとか、ジャンルにとらわれない日常食のメニューだった。グリゴリーさんは、箸を器用に左手で使って、ククスを食べた。若いころ、彼はベトナム戦争に兵士として送られていた時期があるのだという。ソ連軍の兵士としての派兵だから、北ベトナム軍側の一員として、戦争に加わったわけである。

「サハリンでは、とくに朝鮮人の比率が高いですから、一般のロシア人の家庭料理にも朝鮮料理が入っています。キムチを自分で漬けるロシア人もいますよ」

と、キムさん。

月に幾度か、この店は、暮らし向きの厳しい人たちにも無料で食事を提供する日を設けているという。このときも、老人が一人で店に入ってきて、テーブルに着き、注文せずとも給仕されてくる食事をひっそりと取っている姿を見かけた。

通訳兼ガイド役のキム・オクスンさんは、道すがら、自身の来し方をきれぎれに話してくれたりした。また、彼女とは、のちに文通も生じた。

一九三一年、二歳のとき、樺太の製紙工場で出稼ぎ仕事をしていた父親に呼び寄せられて、母といっしょに海を渡る。まずは釜山から関釜《かんぷ》連絡船で玄界灘を渡り、青森から青函連絡船で津軽海峡を渡り、さらに、稚内から稚泊連絡船で宗谷海峡を渡って、樺太の大泊（現在のコルサコフ）へと、三つの海を越えてきた。父はいくらか教育もある人で、やがて、西海岸の塔路（現在のシャフチョルスク）や太平炭鉱で、人を使って建築の請負仕事をするようになった。配下で使うのは、多くが朝鮮人で、戦時下の労務動員で力づくに樺太まで連れてこられた人びとが多かった。扱いは手ひどく、仕事に出られなければ、殴る、蹴るの仕打ちを受ける。食事は、大豆やふすまの混じる少量の米飯で、仕事を休めば、それさえ与えられずに、ごみ箱をあさるしかない境遇に陥る。父は、彼らに、朝鮮語と日本語のちゃんぽんで指図していたように覚えている。

　戦争下、家業の景気はよかった。勉強が好きだったので、一三歳になる年、真岡高等女学校に進学させてもらって、単身、真岡（のちのホルムスク）の町に移って寮生活を始めた。通名の日本名を使うことを嫌った父に従い、女学校には本名のまま通っていた。樺太では、創氏改名の強制は、朝鮮でのようには厳しくなかった。それでも、「由貴子」という日本名は持っていて、若いころからの友だちからは、いまでも「ゆきちゃん」と呼ばれる。ロシア名は「ユーリャ・セルゲイヴナ」。

　終戦前、父は東海岸の知取《しるとる》（現在のマカロフ）に新しく開かれた露天掘りの炭鉱へと移る。ソ連の参戦は、すでに、ほとんど既定のこととして語られていた。いずれ戦闘に巻き込まれて死ぬなら親子いっしょがいいから、と知取の女学校に転向してくるように親から求められて、泣く泣くキムさんもそれに従った。

一家が入居した知取の官舎は、風呂が広くて、のどかだった。冬のあいだは、スキーを履いて通学した。オホーツク海に近く、雪面が朝日でぴかぴか光っていた。夏にかかると、山にイチゴがたくさん実った。こごみがびっしり生えるのを鉈《ナタ》で刈って、収穫する。女学校にも小川のほとりを自転車で通っていく。

一九四五年八月、ソ連の参戦で、真岡は猛烈な艦砲射撃と上陸戦の戦場と化した。命拾いをしたのだ、と、知取の町で彼女は思う。

戦争が終わると、北緯五〇度線を越えて南下してくるロシア人たちは、肌が夏の暑さにうだって、赤鬼のように見えた。やがて、日本人は内地に引き揚げていき、南サハリンもロシア人の社会に変わっていく。

両親は、戦争が終わっても、朝鮮には帰りたがらなかった。朝鮮では苦労したという思いが、彼らの胸中を占めていた。一家で、豊原（ユジノサハリンスク）の住まいに移る。最初のうちは、畑で穫れたものをバザールなどで売る役を受け持った。だが、彼女自身は畑仕事が嫌いで、しなかった。やがて、ソ連国営の洋裁所に勤めはじめる。当時の若い娘たちは、皆、手仕事をしていた。

だが、年ごろの娘は、ロシア人の男たちから、何かと悪さを仕掛けられる。彼女も、ロシア人のカピタン（大尉）から強引に言い寄られた。これを避けるためにと、親に従い、まだ一〇代ながら、したくもない結婚をした。相手は、日本時代の戦争下に、朝鮮の慶尚南道から無理やり樺太の炭鉱まで連れてこられて、働かされていた人だった。やがて、彼とのあいだに息子が生まれたが、数年のうちに夫とは別れた。その後、彼は日本人の女性といっしょになって、日本に引き揚げ、そこからさらに韓国へと帰った。そうやって故国に戻った朝鮮人の男たちは多い。

サハリンの朝鮮人のなかでも、炭鉱などでの労役のために、強制的に連れてこられた人たちが、いちばん故郷に帰りたがった。朝鮮の古い家族制度で、ごく若いうちに結婚させられ、故郷に妻子を残している人たちも少なくなかった。

「そういう人たちは、ひどく気の毒だった。日本人の下で働かされて、次にまたロシア人の下で働かされるのは、いやだったんでしょう。故郷が恋しくて、いまにも裸足で帰りたいような心持ちを抱えていた」

小柄なキムさんは、短めの丈の上着のポケットに手指を掛け、ゆっくりと歩きながら語る。二歳で、生まれ故郷の朝鮮から樺太に渡ってきた。両親が話す朝鮮語を聞き取りながら育ったが、学校での授業はずっと日本語で、友人たちとも日本語で話すので、これがいちばん自由に使える言葉になった。だが、日本が戦争で敗れ、サハリンがソ連の社会になると、日本語を使うことは禁じられ、自分の不自由な朝鮮語、ロシア語に泣いた。そして、いまでも、日本語の小説の本を手に入れて読み、こうして日本語を話している。

「ロシア語は書けない。韓国語はしゃべるけど、読み書きできない。日本語がいちばんできる。それでも、漢字など書くのは、どんどん忘れていく」

最初の夫と別れてから、しばらくは実家にいた。ただ、姉夫婦までいっしょの暮らしだったから、だんだん居づらくなり、三年ほどして再婚した。相手は、このときも朝鮮人だった。

「少しは恋愛だったかな」

やがて、娘三人が次々に生まれた。

3　ポロナイスク

　サハリン島中部東岸のポロナイスク駅（日本領時代の敷香《しすか》駅）に到着したのは、夕闇が迫りはじめる午後七時ごろだった。かつては、日本領最北の支庁所在地だった敷香である。このとき（二〇〇〇年）でも、統計上は一万八〇〇〇人ほどの人口があるとされていた。だが、駅舎を出て、駅前に立つと、暮れどきの町全体が打ち捨てられた廃墟のように映った。

　東京の旅行代理店のAさんから渡された「旅行日程表」によれば、今夜の宿は（露和辞典を引きながら、強引に日本語に訳すと）「首邑ホテル」とでも訳せばいいのか、「県庁所在地ホテル」といった意味の名称である。住所は、コムソモリスカヤ街11。

　手元にある粗雑な市内地図のコピーを頼りに、たどり着こうとするのだが、いっこうに見つけられない。残照も、刻々、闇のなかに沈んでいく。道に、街灯はほとんどない。雑貨店で、地図を示して尋ねても、知らないという。閉店後の銀行のベルを押し、警備員に出てきてもらったが、彼の話すロシア語がわからない。すでに、すれ違う人の表情も見えない暗さである。兵士の服装に見える若い男をつかまえ、なんとか用件を伝えると、言葉は互いに通じないのだが、うなずいて、その場所まで連れていってくれた。

五階建てくらいの古いビルの前の暗がりに、べつの男の影が立っている。道連れの兵士（？）の男が声をかけ、「首邑ホテルはここか？」と尋ねると、「そうだ」という答えが返ってきた。

当のホテルは、このビルの二階部分を占めているらしい。無人のカウンターに、私の名前を記したルームキーが置かれていた。大学の古い校舎みたいな建物で、がらんとした、殺風景な部屋である。

旅行会社インツーリストのユジノサハリンスク支店、担当者リューダから、

――ポロナイスクでホテルに着いたら、現地の「マリヤ」という女性に電話してくださ い。現地での通訳・ガイドは、彼女が担当してくれるように手配しておきました。――と、「マリヤ」さんという人の自宅らしい電話番号を記したメモ書きを渡されている。だが、ホテルの部屋の電話機は、ダイヤルボタンを押しても反応しない。どうやって、そこに電話をすればいいのか、方法がわからない。

無人のフロントの周囲でうろうろしていると、先ほど、ホテルの建物の前で、影になって立っていた男がまた現われて、手を貸してくれた。互いの英語でなんとか話してみると、この人自身も、ユジノサハリンスクから出張で来ている宿泊客なのだそうだ。

私が暗い路上で迷って道を尋ねた銀行の警備員が、そのときには互いの言葉が通じなかったものの、あとで心配して、このホテルに電話してきてくれたのだという。ホテルの従業員はすでに帰宅してしまって、誰もいなかった。だから、フロントで鳴りつづけている電話の受話器を、仕方なく、この人が取った。銀行の警備員からの用件を聞き、迷走中の外国人旅行者を気の毒に思って、ホテルの前の暗がりの路上に出て、私の到着を待ち受けてくれていたらしい。

今度も、この人の助力で、どうにか電話が「マリヤ」さんにつながった。

――連絡がないので、もう来ないのかと思っていました。……ロシアの人は、いつもこうだから。――

と、その女性の声は、ややぶっきらぼうな口ぶりで答えた。なめらかな日本語で、ほとんど、普通の日本人の話し方と変わらない。

すでに夜九時近かった。だが、まだ夕食をとれていない、と話すと、いまからホテルのロビーまで来てくれるという。

二〇分ほど過ぎたころ、私の眼前に現われた「マリヤ」さんは、東洋人の顔立ちをした大柄な初老の女性だった。白髪のショートカットの髪に、スラックス、紺のブレザー。日焼けして、ゆったりとした身ごなしの持ち主だ。

本来の名前は、金山秀子さん。マリヤさん、というのは彼女のロシア名である。

一九三五年、金山秀子さんは、ここ、敷香（ポロナイスク）の奥地で生まれた。父が朝鮮江原道出身の朝鮮人、母が日本人。父は、林業に携わっていた。山でガンピ（白樺）、オンコ（イチイ）、マツなどの木を夏場に伐って、雪解けで増水する時期、それぞれの木に自分の名前を書いて川に流し、幌内川（現在のポロナイ川）の河口近くで回収する。いわゆる管流《くだなが》しによる搬出である。一九四五年、日本敗戦後に、一家で敷香の町なかに移り、以来、ずっとこの町周辺で暮らしてきた。

金山さんは、私を伴って暗い路上に出て、町で一軒きりだというレストランまで導いてくれた。窓ガラス越しに、店内の様子が見えた。低いステージで、エレキギターのバンドが演奏しており、中年のカップルなどが食事したり、酒杯を傾けたりしている。ここでも、店の入口扉の脇には、ちゃんと用心棒の男が控えていた。

金山さんのあとに続いて、私も店に入ろうとした。すると、大柄な用心棒が、私の進路を腕でさえぎり、入店を阻んだ。驚いて、私は相手の顔を見る。すると、用心棒の男は、

無言で、私が履いているスニーカーを指さした。すぐには理解できなかったが、どうやら、

——このレストランは、町で唯一の格式ある店なのだから、ドレスコードがある。こういうところで食事するには、革靴を履くのが常識というものだよ。あんた、そんな、野球の練習帰りみたいな靴じゃ、とてもじゃないが、この店に入ってはもらえない。——

というところらしい。

たしかに、私は、スニーカー履きである。だが、靴に限らず、出立ち全体が、野球観戦並みのラフさである。ジーンズに綿シャツ、スポーツタイプのハーフジャケット。むろん、ネクタイもつけていない。だが、それにはまったくお構いなしで、彼らの美意識としては、ひとえに「スニーカー」が問題らしい。

やむなく、先に店内にいた金山さんを背後から呼び止め、私に入店が許されないので、テイクアウトできる料理を厨房に頼んでいただけないか、と伝えた。金山さんは、用心棒に目をやり、即座に事情を飲み込み、そのようにしてくれた——。

金山秀子さんについて、このあと、私が知り得たことをいくらか書いておこう。

最初の結婚は、一七歳のとき。相手は韓《ハン》姓の朝鮮人で、日本名は西原。金山さん自身は、子どものころからの日本名「金山」を使っている。法的な本名は、李《リ》姓である。

夫となった人は、漁船の網などを作る工場を営んでいた。頑固で、短気で、酒をよく飲

む人だった。その人とのあいだに、男、女、女、女、男という順で、五人の子どもを産んだ。このうち、長男だけ、いまはユジノサハリンスクにいるが、あとの四人はポロナイスク市内で近いところに住んでいる。皆、それぞれに、ロシア名、朝鮮名（韓姓）、日本名（西原姓）を持つ。末の男の子の妻は、朝鮮人。ほかの子どもたちの配偶者は、ロシア人。孫が一〇人、ひ孫が一人。——「だから、うちはインテルナショナルだ、と言っているの」

金山秀子さんの母は、日本人なので、望めば、日本に引き揚げられた。その娘、金山さん自身も、そうだった。父親は、一九五〇年代のうちに亡くなる。そのあと、一九五八年に、母と、多くのきょうだいたちが、日本の札幌に引き揚げた。金山さん自身は、まだ子どもたちも幼く、日本に引き揚げようとは考えなかった。——「その後も、日本に引き揚げたいと考えたことはない」

金山さん本人のロシア名は、「マリヤ・セルゲイヴナ」。愛称はマーシャ。これは、一九六一年、子どもたちがある程度育って、自分も外で働くことにしたとき、ロシア名もあるほうが便利だからと、ロシア人の知人がつけてくれた。

のちに、李姓の朝鮮人と再婚した。朝鮮北部・清津《チョンジン》の出身で、第二次世界大戦の終戦後に、炭鉱労働の募集に応じて、北朝鮮からサハリンにやってきた人である。やがてロシア語を習得して、ソ連軍の通訳として働いたという。

補足的に説明しておきたいが、サハリン在住の朝鮮人には、いくつかの流れがある。

一つは、むろん、金山秀子さんの両親や、ユジノサハリンスクのキム・オクスンさんの両親のような、日本の植民地だった朝鮮から、日本領時代の樺太に働きにきた（あるいは、強制的に連れてこられた）人びとである。

その後、一九四五年夏、日本が戦争で敗れ、日本領樺太（南サハリン）も、ソ連領に移る。この過程で、合わせて約四〇万人の日本人が、疎開・引き揚げで日本本土に帰還する。これを受け、ソ連政府としては、南サハリンの社会・産業を支えていくため、少なくとも、帰国していく日本人と同数程度の労働人口を、ソ連国内各地などからサハリンに移住させる必要が生じた。そのため、ソ連では、かなりの「好条件」を提示して、各地からサハリンへの移住の「募集」を大規模に行なった。

このような経緯で、サハリン移住の「募集」に応じたソ連国内の人びとには、カザフスタンやウズベキスタンなど中央アジアで暮らしてきた朝鮮人が多数含まれていた。その人びとの大半は、一九三七年、ロシア極東の沿海州各地から、スターリンの指令により中央アジアへと強制移住させられた朝鮮人である。彼らは、ソ連・満洲の国境近くで暮らしていたことから、日本側の「スパイ」として働くことを警戒されて、遠隔地の中央アジアまで送られることになったのだった。日本の敗戦を経て、彼らの多くが、再度、サハリンをはじめとするロシア極東へと戻ってくる。

さらに、もう一つの流れも生じる。戦後、社会主義体制のもとに成立した朝鮮民主主義人民共和国（北朝鮮）は、ソ連の「友邦」となった。だから、北朝鮮の朝鮮人たちにも、サハリン移住の「募集」がなされ、これに応じた人びとがソ連領を経由し、サハリンへと渡ってきた。金山秀子さんの再婚相手となる人も、このなかの一人だった。

サハリン在住の朝鮮人は、おおむね、これら三つのルーツの上に成っている。

金山さんの再婚相手は、一九九六年に亡くなる。以来、それまで夫がしていた通訳・ガイドの仕事を彼女が引き継いだ。私がこうして金山さんのお世話になる巡り合わせも、これによって生じたことになる。

金山さん自身は、それまで水産加工場や町のボイラー工場で働いていたという。ポロナイスクでは、町全体の暖房用スチームを、一括して町のボイラー工場で石炭を焚いて作り出し、配管ですべての家庭や施設に送り込む。つまり、町全体でのセントラル・ヒーティングである。

ただし、これだと、「きょうは寒いから」と各家庭の判断でスチームを使うことができない。ことに、最近は燃料不足で、スチームの供給開始時期は一一月に入ってからになる。この島で、それでは、寒すぎる。だから、それまでのあいだは、めいめいにペチカや電気暖房器具を使うなりして、なんとか寒さをしのぐしかない。

社会主義の時代には、政治的な自由はなくても、年金などの制度は手厚く、とくに老齢の世代には安心な社会だった。ただし、当時は、カネがあっても、モノがなかった。いまは反対に、モノがあったとしても、おカネがない。――そう言って、金山さんは笑っていた。

ポロナイスク周辺のドライヴァー役は、金山秀子さんが見つけておいてくれた。イワンさんという五二歳のウクライナ人である。彼は、一九五〇年、二歳のとき、両親に連れられて、サハリン島にやってきた。

先にも述べたように、第二次世界大戦後、南サハリン（それまでの日本領樺太）がソ連領に移ったことに伴い、サハリンへの労働移民の「募集」が、ソ連国内の各地で行なわれた。イワンさんの両親も、これに応募し、サハリンに来たのだった。当時、ウクライナは、ソ連の構成共和国の一つだった。

広大なシベリアをあいだに挟み、ウクライナとサハリンは、およそ八〇〇〇キロも離れた土地である。にもかかわらず、サハリン住民の民族別人口比では、こうした戦後の労働移民を経て、現在に至るまでウクライナ人は第三位なのだ（このときの旅に近い二〇〇二年のロシア国勢調査によれば、サハリン州の民族構成としては、ロシア人八四パーセント、朝鮮人五パーセント、ウクライナ人四パーセント、という数字がある)。

第二次世界大戦中、ウクライナは、長期にわたって独ソ戦の激しい戦闘地となり、荒廃にさらされた。サハリンへの労働移民にウクライナからの応募者が多かった背景には、こうした要因があった。イワンさんの父親は、サハリンでは漁師として働いていたという。

イワンさんは陽気な人で、朝、広場で落ちあうと、第一声から大声で、

「おはよう!(ドーブルィ・ウートラ!)」

と、威勢がいい。

製材会社で働いてきたという。だが、いまは休みを取っている。サハリン産の木材は、多くが輸出に振り向けられるようになり、仕事が減っている。つまり、ただ「休んでいる」というより、一種のレイオフ(一時解雇)の状態らしい。現下のサハリンは、四人に一人が失業中、という状態である。それでも、ユジノサハリンスクの大学で裁判官をめざして勉強している娘に仕送りしようと、今回のようなアルバイトを心がけているのだという。

朝、彼と顔を合わせると、いきなり、ひょいと、大きな松ぼっくりを差し出してくれたことがある。鱗片のすきまに、びっしり、松の実が詰まっている。指先でこれをほじって、

食べる。稚内からフェリーでコルサコフに到着したとき、波止場の前でたたずむ老若男女が、揃ってヒマワリの実を齧っていた。それに似て、チューインガムやたばこを相手に差し出すようなものではないか。松ぼっくりなら、拾えばタダだし、健康にも差し障りは少ない。

陽気さに加えて、イワンさんは根っからのおしゃべりで、路上で知人と行き合うたびに、とても長い立ち話になる。これも、無料で味わえる、豊穣な人生の楽しみだ。

北緯五〇度線の旧国境に向けて、彼は車を走らせる。原生林のあいだをまっすぐに走る道路は、たっぷりとした道幅があるが、未舗装のままである。

旧国境線の三〇キロ足らず手前のスミルヌィフ（日本領時代の気屯）と、旧国境を北側に越えた側の集落アノールにも、イワンさんの親類が暮らしている。旧国境を示す記念碑や、現地に残るトーチカ遺構などを確かめたあと、スミルヌィフの叔母さんの家をいっしょに訪ねていこう、と、すでにイワンさんは段取りを組んでいる。

一九四五年八月一〇日早朝、ソ連軍は北緯五〇度の国境線を越えて、日本領への進攻を始める。

日本軍が設営したトーチカは、ほぼ原形のまま残っているものもある。だが、内部に入ってみようとすると、金山さんから、「こういうところは、便所に使っている人もいますから、うっかり入ってはいけません。たいへんなことになりますよ」と、強い声で制止される。

スミルヌィフのはずれで、イワンさんの叔母リェーナさんは、一四歳の孫娘と暮らしている。いま七一歳。彼女も賑やかな人だった。甥のイワンさんを抱擁しての接吻。急な訪問にもかかわらず、あれこれ食べものの用意をはじめてくれて、通訳などお構いなしに話しつづける。

「なんだね、このところぜんぜん顔も見せずに。来るなら来ると言ってくれたら、もっと食べものだって用意ができたのに。

……さあ、あなたたちも、もっとマカロニをお食べなさい」

鶏肉とディルをまぶしたマカロニ、パン、サラミ、クッキー、紅茶をテーブルに用意してくれる。

こちらも、朝にポロナイスクのバザールで朝鮮人の老婦人たちから買い求めていた、キムチ、ワラビ、昆布、フキなどの惣菜を並べる。金山さんの手作りのフレップ（こけもも）のジュースと、おむすびも。

簡素な木造平屋の家である。居間兼食堂のペチカに、薪をくべる。ネコが、そこの前で眠る。鍋のなかでパン種を膨らませ、ペチカの余熱で焼き上げる。ペチカは、暖炉とオーブンを兼ねるのである。

広くはないが、美しく手入れの行きとどいた畑がある。イチゴ、キュウリ、キャベツ、ネギ、ビーツ、ニンジン、ハーブ類……。

リェーナ叔母さんが、口角泡を飛ばして、激しくイワンさんと議論を続ける。金山さんに尋ねると、「フレップは、どうやって食べるのがおいしいか」についての論争だという。人生には、こんな楽しみも伴う。


彼らよりいくらか早い時代に、サハリンへと移ってきたウクライナ人もいる。

大相撲で名横綱として知られた大鵬（本名・納谷幸喜）は、一九四〇年、敷香（のちのポロナイスク）の生まれである。彼の父親は、マルキャン・ボリシコという名のウクライナ人だった。

マルキャン・ボリシコは、一八八五年に、ロシア帝国ウクライナ東部ポルタヴァ州の村で生まれた。両親は、農民。彼は、五人兄弟の次男坊。一八九四年、両親は、ロシア帝国による極東移住の「募集」に応じて、サハリン島に移住した。九歳になるマルキャンも、これに伴われた。

一家は、北サハリンで幾度か居を移しながら、農家として成功を遂げていく。だが、マルキャン自身は、成人すると、これだけでは満足できず、鉱山調査隊などで働きながら商売にも手を染める。

第一次世界大戦に続くロシア革命（一九一七年）で、北サハリンの政情にも激動が生じた。日本は、革命に対する干渉戦争として、一九一八年からシベリア出兵を行なった。さらに、アムール河口のニコラエフスクで起こった尼港事件（一九二〇年）を口実に、日本軍はサハリンの北緯五〇度線の国境を越え、北サハリン全域の「保障占領」まで強行する（一九二〇〜二五年）。尼港事件によって現地の日本人に生じた被害の賠償を求め、革命が進行するロシアに責任を取りうる政権が樹立されるまでの「保障」として、北サハリンの占領を行なう、としたのである。

当時、マルキャン・ボリシコは、北サハリンの中心地アレクサンドロフスクで暮らしていた。当地には、帝政ロシア時代からの移住民が多く、日本による反革命、つまり、社会主義勢力の撃退に期待を寄せる者が多かった。だが一方、日本の北サハリン占領を侵略行為として糾弾する者もいた。マルキャンは、親日本派だった。彼は、日本軍による占領下で、闇屋商売なども営んで、それなりの成功を収めていたらしい。

一九二五年、日ソ基本条約が締結されて、日本軍による北サハリンの「保障占領」は解消される。マルキャンは、同年春、北緯五〇度線以南に撤収していく日本軍に同道し、妻子を北サハリンに残して、単身で日本領に移ることにした。すでに四〇歳、長身の美丈夫だった。両親も、トゥイミ川上流、ルィコフスコエ村（現在のキーロフスコエ）の地所に残った。

日本領樺太に移ってのち、マルキャンは、敷香の洋装店で働く納谷キヨと知りあい、再婚している（二六年）。やがて、五人の子どもを得るが、その末っ子として、四〇年に幸喜（のちの大鵬）が生まれた。ワーニャ（イワンの愛称）というロシアの名前も与えられていたという。

マルキャン夫妻は敷香で牧場を経営し、成功を重ねた。中敷香（のちのゴンチャロヴォ）には、畑を備える別宅があった。上敷香（のちのレオニードヴォ）の日本軍守備隊にも親しく出入りして、肉や牛乳を納めていた。軍用馬を寄贈し、感謝状なども受け取った。だが、戦局が深まるにつれ、スパイ防止のためとして、四四年三月、マルキャンは家族と引き離されて、外国人の集住地に指定された喜美内《きみない》（大泊郡富内《とんない》村）に隔離された。

日本敗戦の年、四五年八月一六日。父不在のまま、母、次兄、次姉、幸喜の四人（長兄と長姉は夭逝している）は、ソ連軍の進攻による戦火の下、疎開の最後の機会になると言われた列車に、敷香駅から乗り込む。この列車の出発を待つようにして、敷香の市街地には火が放たれた。それから丸二日がかりで、稚内への連絡船が出る大泊駅へとたどり着く。

ここで、馬に乗った父マルキャンの姿が、車窓の外に現われた。妻子の姿を懸命に探しているようだった。外国人の集住地とされている喜美内は、ここから二五キロほどの距離である。家族の身の上を案じて、そこを脱け出てきたのではないか。

母と兄は、とっさに荷物のあいだに身をひそめ、「どうする?」と、相談する。緊急疎開を許されるのは、女性と一四歳以下の子ども、そして、六五歳以上の老人に限られている、と伝えられていた。父も一緒では、一家全員が、このままソ連軍の捕虜とされてしまうかもしれない。

兄は、「このまま北海道に行っちゃおう」と答える。そのようにして、心ならずも父を振り切り、母子四人だけで北海道へと引き揚げることから、彼らの戦後は始まった。

4　オハ

オハは、サハリン島でもっとも北、オホーツク海側に位置する町である。私が旅をしたころ、人口は二万八〇〇〇人くらいだろうと言われていた。

週に二便、定員三〇人ほどのプロペラ機が、ユジノサハリンスクからの旅客を運ぶ。草地のなかの飛行場の広がりに、プロペラ機は降下してくる。二〇人ばかりの乗客たちは、タラップから地面に降りると、機体のトランクから投げ下ろされる荷物をそれぞれに受け取る。そして、めいめい、滑走路を歩いて横切り、フェンスの向こうに消えていく。

遠くに、隣接してヘリポートがある。赤、青、オレンジ、それぞれのヘリコプターの機体に、Tシャツ姿の男たちが取りついて、整備をしている様子がちいさく見えていた。

滑走路からすっかり人影が消えてしまっても、私の迎えは現われなかった。九月後半の北サハリンの風は、もう冷たい。

ユジノサハリンスクのインツーリストの担当者リューダからは、「ドライヴァーが空港に迎えにいく手はずをつけておく」としか聞かされていない。そのドライヴァーとの連絡方法さえ、わからない。

しかたない。ドライヴァーの到着を待ちながら、遠くヘリポートで行なわれている機体整備の作業員たちの動きをぼんやりと眺めていた。

やがて、滑走路の向こう側にある鉄柵がするすると開いて、一台の車がこちらに入ってくるのが、ちいさく見えた。これも日本車らしく、滑走路のへりのあたりを突っ切るように、速度を上げながら、こちらに向かって走ってくる。そして、私の目の前で強くブレーキを踏み込み、急に停まった。

赤鼻で、あばた面、ぼさぼさの赤毛にジャンパーをはおった中年の大男が、運転席から降りてきた。そして、頭を軽く助手席のほうに傾け、「乗りな」という仕草を私に向かって送ってきた。

「頼んでいたドライヴァーか?」

英語で訊くと、男は首をかしげたまましばらく考え、

「ノー」

と答えた。そして、

「――ホテル」

親指の腹を上げて見せ、低い声で、ひとこと、それだけ付け加えた。

当地のホテルの番頭役が、出迎えに来てくれたということか？　そのようにも思ったが、なにせ互いの言葉が通じず、それさえ確信は持てなかった。だが、ほかにすべもない。後部座席に荷物を放り込み、私は助手席に乗り込む。ドアを閉めると、男は、使い込んだ埃っぽい日本車をがくんと発進させた。

空港の柵囲いから外に出て、荒涼とした丘陵を上下しながら走っていく。高さ二メートルほどの鉄パイプが、赤土の斜面のあちこちから顔を出している。産油のための施設なのかと思われた。

オハは、産油、天然ガス採掘の町として知られてきた。だが、近年では陸上油田の産油量は減り、主要な油田は近海の海底油田に移って、町の人口は減りつつある。「サハリン1」「サハリン2」などのプロジェクトが取り組むガス田も、海底のものである。

やがて、オハの町が見えてくる。五階建てほどの集合住宅があちこちに見えるが、外壁にひび割れの跡が残る棟が多い。五年前の一九九五年、オハ南方一〇〇キロの産油の町ネフチェゴルスクをマグニチュード7・6の大地震が襲って、住民の大半が暮らす集合住宅が倒壊、およそ二〇〇〇名の死者を出して、町はそのまま廃絶した。ここに見えている建物の傷みも、地震の影響によるのかもしれない。

私を乗せた車は、そうした建物の群れの一つ、ひび割れだらけの市営住宅みたいな団地の敷地に入っていく。そして、ある棟の前で停止した。

赤鼻の男は、運転席から降り、後部座席から私のトランクを取り上げ、それを引きながら先に立って歩いていく。階段の入口脇に、真鍮製の表札程度のプレートがついていて、「オハ銀行ホテル」という意味あいの言葉が読み取れた。男はブザーを押し、応答を待ってから、重いトランクを持ちあげ、暗い階段を上っていく。二階で鉄の扉を開くと、奥にちいさなカウンターがあり、中年の女が座っている。

「ようこそ（ズドラーストヴィチェ）」

とハスキーな声で言い、彼女は微笑する。赤鼻の男は、何やら早口で彼女と言い交わし、トランクを彼女に託すと、私に向かって、

「さよなら（ダズヴィダーニャ）」

ぎこちない微笑とともに、それだけ言って、去ってしまう。

フロントの女が、私のトランクを引きずり、部屋に案内してくれた。キッチンと二つのベッドルームを備えた広い部屋だが、全体に煤けて薄暗い。何が何だか、事情がさっぱりわからない。だが、とにかく、ひとまずこの状況を受け入れるしかなさそうだった。

ユジノサハリンスクのインツーリストの担当者リューダは、半国営の旅行会社職員としての職責をいくらか逸脱するほどの熱心さで、あちこちに電話をかけて、私のためにオハでのドライヴァーと英語通訳を見つけ出してくれていた。そうした経緯からすると、私がオハ空港に到着したところで、何らかの行き違いが生じたものと考えるほかなさそうだった。とりあえずは、このホテルで、誰かから連絡が入るのを待つほかないだろう。先ほどの赤鼻の男が何者だったかは、わからないままだった。

ユジノサハリンスクでは、そこから先の旅程の相談のために、インツーリストのリューダと幾度か顔を合わせた。そのたび、彼女は、私が滞在する「ホテル・ヤーコリ」のロビーまで出向いてくれた。互いのあいだに親しみが生じるにつれ、教えられたこともある。

実は、リューダの母上も、サハリンへの労働移民の「募集」に応じた両親（リューダの祖父母）に伴われて、一〇歳でサハリンに大陸から移ってきた人なのだという。第二次世界大戦後、さほど年月が経たないころのことだろう。移住地は、南サハリンの西海岸、チェーホフ（日本時代の野田）近くの村だった。当時は、まだ残留している日本人家族も近隣に多く、日本人の子どもらと混じり合って遊んでいた。「だから、わたしも、日本人には親しい気持ちが働くんです」と、リューダは言った。そして、いくらか真顔になって、彼女は付けくわえた。

「わたしの夫も、日本人です」

そのときは、日本から来たビジネスマンと結婚しているのかな、と受け取った。だが、あとで思い返すと、そうではなかったのではないかと、考えるようになった。あのとき、彼女は、ただ英語で、そう言ったのである。つまり、彼女自身には、カタコトたりとも、日本語の知識はなさそうだった。そこから想像すると、彼女の「夫」は、日本人のビジネスマンではなかったのではないか。むしろ残留日本人の子孫、いわば「日系ロシア人」という意味だったのではないかと、いまでは想像している。

——オハに出発する二日前の夕刻だった。「ホテル・ヤーコリ」の私の部屋に電話してきて、リューダは言った。

「見つかりました。英語通訳とドライヴァー」

詳細を説明するので、これからホテルに出向いていくと話して、彼女は電話を切った。三〇分後、栗色の髪に黒縁のメガネをかけた長身の彼女は、スーツのスカートの上に必要な書類を入れた封筒を置き、ホテルの用心棒からの視線を鬱陶しそうに避けながら、ロビーのソファに座っていた。私が向かい側のソファに腰を下ろすと、彼女は職業的な微笑を浮かべて、手書きした書面をテーブル上でこちらに滑らせ、説明を始める。

「ドライヴァーが四日間で一六〇ドル。もと漁船員で、いまは、この仕事を専門にしているらしい。石油やガスのビジネスで、オハを訪ねる人がいるからでしょう。名前は知らない。向こうであったときに、本人に訊いてみて」

ちいさな笑い声を、彼女は漏らす。それから、少し居ずまいを正して、胸を張る。

「――さらにビッグなニュースは、オハで英語通訳が見つかった。これは、ちょっと奇跡と考えてもいい。ニーナ・エヴドキモヴァという、もとはアエロフロート（ロシアの航空会社）の客室乗務員で、大陸のハバロフスクの人なのだけれど、たまたまサハリンに来ていてオハに滞在している。オハのヘリコプター・クルーが、近くパプア・ニューギニアに派遣されるので、彼らへの英語の短期講習の講師役を請け負ってのことらしい。オハの関係者にあちこち連絡をつけているうち、こういう人が、いまなら現地にいる、ということがわかった。わたしも最後はニーナと直接電話で話した。確約してくれたから、心配はない。しかも、彼女は、通訳の謝礼は一時間二ドルでいい、と言っている」

一時間二ドル？　聞き違えたかな、と思って、私は聞き返した。

「――そう。日本からの旅行者へのホスピタリティとして、自分はこの頼みを引き受ける。けれども、これをビジネスにするつもりはないからと。だから、ちゃんとお互いに責任を果たす、という意味で、一時間に二ドルだけ支払ってもらいましょう、とニーナは言っていた。

ただし、ヘリコプター・クルーへの講習の仕事を優先しなければならない。平日は、毎日、夕食後の時間に講習がある。だから、それ以外の自由になる時間のかぎりで、日本からの旅行者に同行しましょう、っていうことだった。

だから、ニーナにも、ドライヴァーにも、謝礼はオハで直接、あなたから支払ってください」

むろん、私としては、とてもありがたい。けれども、インツーリストに対する支払いは、どうすればいいのだろう?

……そう尋ねると、リューダは、かすかに首を振る。

「――それは聞かなかったことにしておきましょう。

インツーリストは、外国人旅行者から外貨を稼ぐビジネスです。だから、会社を通せば、この件では一日につき五〇〇ドルか六〇〇ドルの請求書が、あなたに届くことになるでしょう。だけど、本当のことを言うと、このごろわたしは、そうやって稼がれる外貨が、誰かの役に立っているとは信じられなくなっている。

それから、さらにもう一つだけ、本当のことを。実は、わたし、来月でこの会社を辞めるんです。その前に、一度、こういうこともやっておきたいと思っていた」

軽くウィンクして、彼女は笑った。

部屋のドアを小刻みにノックしている音に気づいたのは、「オハ銀行ホテル」の陰気な自室の壁に夕陽が当たりだすころだった。

ドアを開けると、

「クロカワ？」

赤いハーフコートの初老の女が立っており、いきなり尋ねてきた。

私はうなずく。

安堵したのか、一つ大きなため息をつき、くたびれた表情を見せて、彼女はこう言う。

「あなたを探していた。ドライヴァーといっしょに、この町をあちこち」

ニーナ・エヴドキモヴァと、彼女は名乗る。すらりと長身で、ちいさな顔。白髪混じりの亜麻色の長い髪をきちんとセットし、頭頂部にまとめている。

「——ドライヴァーが、うっかり、滑走路への入構許可証を忘れてきてしまって、空港の待合室で、あなたが出てくるのを待っていた。ところが、気がつくと、人影はみんな消えていた」と、話しながら、今度は笑いだす。「それから、あわてて空港と町とを四度も往復した。そして、やっと、いま見つけた」

背筋をぴんと伸ばした美人である。七〇歳よ、娘と孫がいる——自己紹介しながら、彼女はそう言う。

ドライヴァーらしい男が、彼女の背後の暗い階段ホールの下から、足早に上がってきた。革ジャンにジーンズ、手のなかで車のキーをちゃらちゃらもてあそび、三〇代なかばくらいか、痩せ型で、少し寂しげな鋭さを帯びた面立ちに、困ったような照れ笑いを浮かべていた。

「こんにちは！（ズドラーストヴィチェ！）」

言いながら、右手を差しだし、

「——アリエク」

と、彼は名乗った。

もとはカニ漁船に乗っていた。はるかロシア連邦の西端近く、バルト海にのぞむ古都サンクト・ペテルブルクの生まれなのだが、漁師になってサハリン島までやってきた。そして、オハ郊外、ネクラソフカ村の娘と恋仲になり、この地で所帯を持つことにしたのだという。いまは陸《おか》に上がって、カニで稼いだカネで大型四輪駆動の日産サファリの中古車を手に入れ、これを元手に、ドライヴァー稼業で幼い息子との一家三人の生計を支えている。

オハ周辺では、「死の黒い湖」というニヴヒ（ギリヤーク）の伝説のおもかげを求めて、アリエクが運転する赤の日産サファリで、果てもなく広がるタイガの奥に開かれたガス採掘場や、オホーツク海沿いに点々と連なる湖沼の地を訪ね歩いた。そうした道行きに、ニーナと会話を重ねることが多かった。外を歩くとき、いつも彼女は、鮮やかな赤のハーフコートを着ている。サハリンは、冬に向かう季節の足取りが早く、九月後半とはいえ、すでに晩秋とでも呼ぶべき風光に移りつつあった。

ニーナの父は、ウラル生まれのロシア人。そして、母は、ウクライナ人なのだという。父方の祖父は、第一次世界大戦のとき、帝政ロシア軍の陸軍大佐だった。前線で負傷して、退役した。革命後は、砂糖工場で働いていた。

母方の祖父は、革命前、ウクライナの公爵だった。祖母は、女子ギムナジヤから音楽院に進んで、ピアニストになった。祖母の弟は、鉄道技師。シベリア鉄道の副主任を務めて、アムール川に架かるハバロフスク大橋梁の建設にも、携わっていた。革命のとき、祖父母も母たちを連れてウクライナを離れ、どうにか難を避けることができた。だが、「貴族」という身分は、もう消えていた。

ニーナは言う。

――一九四五年、戦争が終わったとき、わたしは一五歳の女子学生で、極東のハバロフスクにいた。父は、ソヴィエト海軍の将校だった。だから、家は海軍居留地のなかにあった。父方の祖父母、母方の祖父母。さらに、この祖母の弟などを含め、ぜんぶで一四人の大家族だった。

当時、ソ連の民間人には一日二五〇グラムのパン、また、現役の軍人や肉体労働者には六〇〇グラムのパンが配給された。いくらかでもこれを補うために、家庭菜園で野菜を作り、アヒルやブタを飼っていた。

隣に、戦時中から建設工事が中断されている建物があった。戦後に工事が再開されて、そこに日本人の捕虜たちが入ってきた。二〇人か、三〇人ほど。皆、痩せて、青白い顔をして、消耗しきっていた。わたしたちは、配給のパンを彼らと分けあって食べた。毎日、手に入る食べものは、パンだけ。このパンを分かちあうというのが、どういうことか、わかってもらえるだろうか。ただ、ホスピタリティとして、わたしたちは、そうしていた。

日本兵たちは、かならず二人でパンを乞いにきた。皆、二〇歳になるかならないかで、わたしより幼く見えるほどだった。

あるとき、彼らの上官にあたる将校が、この様子を見つけて、兵士たちを猛烈に叱りとばした。敵からの施しを受けるべきではない、と考えてのことでしょう。日本の軍人としての誇りを保て、と。そして、わたしたちに、彼は「部下たちにパンを与えてくれるな」

と言い渡した。

「なぜ？」と、わたしは問い返した。「想像してみてください。日本でソ連兵が捕虜になった場合のことを。もし、彼らの上官がいまのあなたのような考えだったら、部下のソ連兵たちを餓死させてしまうでしょう」

あのとき、日本人の若い兵士たちは、ソ連軍の捕虜として飢えていた。

その日本の将校は、ロシア語が上手だった。そして、英語の教科書を持っていた。日本に、オペラ歌手の奥さんを残してきている、ということだった。

まだ、戦後まもないころだった。日本の歌のレコードを、わたしたちは三枚持っていた。部屋は二階にあったので、わざと窓を開けて、そのレコードをかけた。兵士たちは、窓の下に集まってきて、聴いていた。

――もっと前の一九四一年、わたしはまだ一一歳で、第五学年の子どもだった。そのころは、西シベリアのアルタイ地方に住んでいた。父の任地の都合で、母とわたしは、そこの親戚に預けられていた。

ドイツ系の住民たちが、交戦国のナチス・ドイツへの協力者であることを疑われて、ヴォルガ地方から、そこに送られてきた。彼らは、痩せて、青白い顔をして、憔悴していた。

わたしたちは、彼らにも食べものを分けていた。ナチスの一員としてではなく、人間として。獣のような扱いで、彼らを遇するべきではないと思っていた。

何年か経ってからだったと思う。わたしたちの住まいに、彼らがまた訪ねてきた。そして、「ありがとう」と言った。そのとき、彼らは、もう痩せても青白い顔でもなくて、つやのある、健康そうな顔だった。彼らは、ナチス・ドイツに共感を抱いていたかもわからない。けれど、ひとりの人間として、わたしたちを訪ねてきたのだと思う。ただホスピタリティとして、わたしたちは、そうすることを選んでいた。——

——戦後しばらくして、わたしは、レニングラード、いまのサンクト・ペテルブルクの外国語学校に入った。そう、アリエクがその街で生まれるより、まだ、ずっと前。一九四八年のことだった。

ドイツ兵の捕虜たちの姿も、そこで見た。一九四九年から五一年ごろにかけてのことだったと思う。彼らは街の再建のために働かされていた。穴を掘ったり、建物をつくったりしていた。あの街では、独ソ戦のなか、二年半のあいだドイツ軍が包囲して、何十万人も餓死者が出ていた。

わたしがレニングラードの外国語学校に入ったとき、母方のピアニストの祖母も同行して、いっしょに学んだ。彼女は、勉強が好きだった。――

○

あのときの旅から二〇年余りが過ぎている。オハでの見聞をモチーフに『イカロスの森』（二〇〇二年）という小説も書いた。だが、それさえ、もうずいぶん昔のことである。二〇二二年の春先、ロシア軍のウクライナ侵攻が始まった。このとき私は、かつてサハリンのオハで交わした、ニーナとの会話を思いだした。

ロシアのプーチン大統領は、ウクライナのファシスト、ネオナチを拭い去る、と繰り返す。ロシアとウクライナのあいだには、一つの地政学的身体を共有してきた、長い歴史がある。そして、独ソ戦という凄絶な戦争の経験と記憶。さらに、冷戦終結後、ＮＡＴＯのとどまることなき東方拡大をめぐる摩擦も。

だが、その同じ地に、ニーナのような人たちもいる。彼女たちは、自身のからだに、いくつもの民族の歴史を共存させながら生きている。それがロシアだ。ウクライナも、また。それでも、国境を隔てて、同じ言葉の意味を互いが保ちつづけることは難しい。

ニーナ、アリエクとともに、あのときオハ周辺を動きまわった。彼らが、頭上の空を指

さし、

「大韓航空機撃墜事件〔一九八三年、米国アラスカのアンカレジ空港から韓国の金浦空港に向かった大韓航空機がソ連の領空を侵犯して、撃墜された事件〕のとき、あの飛行機は、ちょうど、このあたりを通った」

と言ったことがある。

そうだったっけ？　と、あいまいな記憶をたぐり寄せつつ、私は心もとなく感じた。だから、日本に戻ってから、調べ直してみた。すると、日米の調査で公表されている当該機の航跡は、ニーナ、アリエクが言ったコースとは、大きくずれている。

彼らが思い違いをしていただけかもしれない。だが、異なる社会に生きる経験とは、往々にして、異なる「常識」に立って生きることでもあるだろう。ユジノサハリンスクのキム・オクスンさんも、この事件については、「テレビで『アメリカのスパイ機』だったと話していたので、ずっとそれを信じていた」と言っていた。こういうとき、自分の社会の「常識」こそが正しく、相手の社会が間違っている、と断ずる根拠はあるものだろうか？

私には、そこが心もとない。

異なる「常識」に立つ者たちが、いつかは、お互い、妥当な共通認識にたどり着くことなど、できるのだろうか？

〇

オハを離れる前日の午後、ドライヴァーのアリエクが、ネクラソフカ村にある彼の自宅に招待してくれた。

ネクラソフカ村は、オハの北西、およそ三〇キロ。サハリン島で、もっとも北にある集落である。西の日本海と東のオホーツク海が、村から望むサハリン湾で接している。さらに、大きく湾入してくる汽水湖にも、この村は面する。

冬のあいだ、西のタタール海峡（間宮海峡）の狭い水道をはさんで、大陸側のアムール川河口付近で、汽水が氷結して流氷が生じる。やがて流氷は、このネクラソフカ村の眼前の海をひしめきながら東へ押し流され、オホーツク海へと回りこんでいく。

こうした自然の姿は、日ごろ私たちが日本で接する風光とは、異質なものである。

私は、オハに到着した当日、アリエクから、

「ここに滞在するあいだ、どんなところに行きたい？」

と訊かれた。

「タタール海峡に面する海岸に立って、対岸の大陸側を望みたい」

と、私は答える。

すると、彼は、首を振った。

「あのあたりには、いまは行けない。暖かい季節のあいだは、地面がぬかるんで、車が海に近づくことができないから。

行くなら冬しかない。地面が凍結すれば、車で走れる」

私は、それまで、地図をにらんで、タタール海峡の狭い水道ごしに、対岸の大陸を望む眺めを、繰り返し想像してきた。だが、そんな風景のなかに立つこと自体が、難しいのだと知らされた。

いや、ニヴヒの漁師なら、海路で小舟を操り、そんな景色を目にすることもできただろう。昔は、海こそが、主要な道であったのだから。だが、陸路を自動車で行く現代の旅行者には、たどり着けない風景がある。

かつて、このあたりの海沿いには、ニヴヒの小集落が散在した。冬季は犬橇、夏季は小舟を使って移動していたはずである。

ネクラソフカ村は、そうしたニヴヒの小集落を一カ所に糾合して、ソ連時代に始まった。そこに、ロシア人らも移住してきて、いまではニヴヒが五〇〇人、ロシア人が七〇〇人、合わせて人口一二〇〇人ほどの村になっている。アリエクの妻ターニャも、祖父母世代からのロシア人家庭の一員として、ここで生まれ育った人だった。二人のあいだに、八歳のサーシャという息子がいた。

ネクラソフカ村の建設は、付近のニヴヒの小集落を「強制移住」させてのものだった、という見方を取ることもできる。だが、当地で、そうした言い方はしないようだ。ニヴヒの住民たちにとっても、近代化された村での暮らしは望ましかったからだろうか？

アリエクにも、この村にコースチャというニヴヒの漁師の友人がいる。カニ漁船でいっしょに働かないか？　と誘ってみたこともあるという。だが、コースチャは「ああいう獲り方は嫌だ」と言って断った。彼はニヴヒの漁師のなかでも腕利きで、サケの罠などを見事に仕掛ける。漁師とサケ、あるいは漁師とカニとの勝負でも、機械に頼らないフェアプレイの精神が大事、ということなのではないか？

コースチャは、漁師のほか、普段は水道工事や大工の仕事もしている。この日、アリエクは、われわれとの午後のお茶の時間にコースチャも招いていた。ところが、前夜、村はずれの水道管が破断して、徹夜の工事が先ほどまで続いた。だから、「眠いので今日はやめておく」と、立派なレッド・キャビア（イクラ）だけをターニャにことづけ、コースチャ当人は自宅に戻ってしまっていた。

その家をアリエクに伴われて、覗きにいった。コースチャは、日焼けした面長の顔に大きな鼻、右目の下に鉤で引っ掻いたような傷がある。立派な顔立ちの男だった。穏やかな話し方で、カラーテレビを備えた居間のソファに座っていた。去年、妻を亡くし、いまは息子との二人暮らしだという。しばらく話すと、彼はゆっくり立ち上がり、われわれを門口で見送ってくれた。

それでも、先住民族から見るサハリンの歴史には、なお違った見地も存在している。ウラジーミル・サンギは、一九三五年、北サハリンの東海岸チャイヴォで生まれたニヴヒの作家である。彼が議長をつとめるニヴヒ長老会は、一九九六年、東海岸のノグリキにおいて、こんな内容を含む長文の「長老会宣言」を発した。

《――日本とロシアがニヴヒの生活習慣にはみられない詐術や奸策に訴え、不法にもサハリンにその存在を際立たせるようになったのは、やっと一九世紀も後半になってからである。ニヴヒ民族とその土地サハリンは、日本とロシアのどちらの構成部分にも属したことはない。したがって、日本が一時的にサハリンにいたこと、現在ロシアがいることは、法的にも権利的にもその根拠をもたないのである。

……日本とロシアは許可もなくニヴヒの領土にきて数千億ドルに匹敵する天然資源を掠

奪し、実際に生態系に大被害を及ぼすに至った。さらにロシアはニヴヒの氏族集落すべて（一九世紀半ばに約一〇〇カ所あった）を根絶し、氏族の生業の場所から追い立てた。そして、ニヴヒ民族の絶滅と同化の計画を遂行するにあたり、多数の男たちを殺害し、生き残った者たちをロシア語圏である工業都市や港湾に強制的に移住させた。かつての狩猟・漁業者たちは、移住先で伝統的な生活様式や精神文化を奪われ、大部分は適応できずに衰退していった。こうして、一世紀半におよぶ迫害のかなしむべき結果として、民族が生活のために闘うという意識を見失ってしまったのである。……

今日ニヴヒ民族は政治的、経済的、社会的に全くの無権利状態にある。これは、最も貧しい民族である。

……差別とジェノサイドというロシアの一貫した政策の結果、ニヴヒの平均寿命は六二歳（一九五九年――ニヴヒが氏族の生業の場所に住んでいた最後の時期）から四二～四五歳（一九九六年）にまで短縮されてしまった。現在までにこのアジア最古の民族は遺伝子プールを破壊され、精神世界、文化、伝統、母語を根絶やしにされてしまった。今日、母語で話すことができるのは幾人かの五五歳以上の者たち――ニヴヒ人口の三パーセント――にすぎない。四～六年後には、才能豊かな民族がすばらしい叙事詩を編んだ、人類最古の言語の一つが永遠に消滅しようとしている。》

コースチャの家を出てから、路上で、ふとアリエクは私に訊いた。

「この村には、日本人も二人いる。会ってみたいか?

一人は、タナカと言って、警官。もう一人は、アサバで、冷蔵庫の機械工」

こんなところに、日本人?

事情が呑み込めず、返事もできずに呆然としてしまう。とにかくアリエクが先方に電話で連絡を取ってくれて、「警官」のタナカさんに会いにいくことにした。

三階建ての公営住宅みたいな建物の前に、ポンコツな軽自動車のパトカーが停まっていた。タナカさんの住まいは、その三階だった。

浅黒い肌に、平べったい顔をした男性が、玄関先に立ち、抑揚を欠いた日本語で、

「ようこそ、お越しくださいました」

と、迎えてくれた。だが、彼が話せる日本語は、ほとんど、それだけのようだった。あとは、彼はすべてロシア語で話し、ニーナにそれを英語に訳してもらいながら、話を聞いた。タナカ・コウサクさん、一九六四年生まれ。だから、あのとき、三五、六歳だったはずである。

多民族社会のソ連では、一四歳で住民登録をして身分証明書を取得するさい、自身の

「民族名」も選択して記載することになっていた（現在では、身分証明書に「民族名」の記載はない）。現実には、異民族間での混血が進んでいる。たとえば、父親がロシア人、母親が朝鮮人である場合、自分の民族名を「ロシア人」とするか「朝鮮人」とするかは、本人が決めればよいのである。つまり、ロシア社会で自国民をさして「〇〇人」と呼ぶ場合、「国籍」ではなく「民族名」をさすのが普通である。ポロナイスクでドライヴァーをつとめてくれたイワンさんを、金山秀子さんが「ウクライナ人」だと紹介してくれたように。だから、タナカさんのことをアリエクが「日本人」だと言っていたのも、そうだったのだろう、と遅ればせに気がついた。

タナカ・コウサクさんの父親は、日本軍兵士として終戦を迎え、ソ連軍の捕虜となってサハリン島に送られてきた。ただし、彼の場合、抑留が解かれてからも、日本への帰国を望まず、ユジノサハリンスクに残る。なぜ日本に帰らなかったたか？　タナカ・コウサクさんは、父に、その理由を尋ねたことはなかった。七〇代で、父は亡くなった。母ももう死んでいる。

母は、朝鮮人である。彼女の両親が、日本の植民地だった朝鮮から、サハリンへと渡ってきた。母自身は一九三〇年、この島で生まれた。

一九二五年生まれのオオシマ・ミツイエという叔父が札幌にいるはずで、探しているのだが、まだ消息がつかめない。――と、タナカ・コウサクさんは言った。ときどき、父が日本の歌をうたっていたのを、彼は覚えている。

――どんな？

私が訊くと、タナカさんは、声に出し、

――……ぽっぽっぽ、鳩ぽっぽ……。

と、うたってくれた。

この日、タナカさんの住まいには、妻もいた。三七歳、と聞いたから、タナカさんより一つか二つ、年上だったのではないか。彼女自身は、ニヴヒとアイヌの混血なのだそうである。祖父がアイヌで、その人は、大陸のアムール川の河口の町、ニコラエフスクで技術の先生だったと聞いている。だが、会ったことはない、という。

タナカさん宅を辞去するべき時間が迫っていた。別れぎわ、タナカさんは、「訪ねてきてくれたお礼に」と言って、警察官たる自分の制帽を私にくれた。将校がかぶっているような、立派な形の帽子である。「CCCP《エスエスエスエル》」（「ソヴィエト社会主義共和国連邦」のキリル文字による略称）と記した徽章が付いている。すでに、その政治体制は崩壊してしまっているのだが、構わず、そのまま現在まで使ってきたものらしい。肩章もくれた。

こういう大切なものをいただくわけにはいかない、と押し返そうとした。だが、「きょうはとても嬉しかったので、感謝と記念のしるしとして受け取ってほしい」とのことだった。タナカさんは、手ずから、私の頭に制帽をかぶらせてから、両方の手のひらで私の左右の肩をつかむようにして姿を確かめ、抱擁して別れの挨拶をしてくれた。

私の脳裏には、一瞬、いずれ日本への出国の通関のさい、こういうものを持っているとまずいことになるんじゃないか、という不安がかすめた。だが、タナカさんの気持ちを無下にもできない――という心情もつのって、このまま、いただいておくことにした。

結果としては、日本への帰路、ユジノサハリンスク空港から出国するさい、通関の係官によって、この制帽と肩章は、トランクの底のほうからあっけなく見つけ出された。ほかにも荷物はあったのだが、係官はそれらにはいっさい目もくれず、「このトランクを底まで見せよ」と、まっすぐに指さしたのが、不思議だった。これぞ、ソ連時代以来の検閲の眼力なのか？

「これは、ダメ」

係官は、冷たい目をして、制帽と肩章を取り上げた。

「友人からもらったものです」

抗弁はしてみたが、係官は黙って首を振り、没収品の箱のなかにそれらを投げ入れた。

これ以上の抗弁は許さない、という冷厳な物腰だった。

当時、サハリンと日本を結んでいた空路は、週三便、ユジノサハリンスク—函館のサハリン航空（現在のオーロラ航空）だった。アントノフ24という旅客定員三六人のプロペラ機である。

ソ連が崩壊して冷戦体制は終わったとはいえ、ロシアに対する〝敵性国家〟の扱いは続いていた。そのため、航空自衛隊千歳基地との共用部分がある新千歳空港は、アエロフロート傘下のサハリン航空には供用が許されていなかった。だから、日本側の空港は、乗り継ぎにも不便な函館空港なのだった。国際便とはいえ、アントノフ24は、空港のいちばん外れのエプロンに停まる。そして、雨のなか、トランクを引きずり、入国審査の建物へと、とぼとぼと歩かされた。

5　二〇年後の世界

サハリン島の州都ユジノサハリンスクに、日本の総領事館が開設されたのは、私が現地を旅行したあと、二〇〇一年一月になってのことだった。二〇〇九年には、コルサコフの東方一五キロのプリゴロドノエ（日本領時代の女麗《めれい》）で「サハリン2」のLNGプラントも稼働を始めた。ここの桟橋でタンカーはLNGを積み込み、海外へと直接に運んでいく。かつて、北海道とのあいだを盛んに行き交っていたカニ漁船は、いまでは日ロ間に密漁密輸防止協定が結ばれ、すっかり姿を消している。

二一世紀に入ると、この世界での戦争のありかたにも、変化が生じた。二〇〇一年九月一一日、米国で、イスラム系の国際テロ組織アルカーイダによって引き起こされた同時多発テロとともに、世界は「終わらない戦争」の時代に入っていく。

戦争は、いまも世界のいたるところで始まりつつある。だが、超大国さえ、これらの戦争を終える力を失った。いや、むしろ、終える理由まで見失った、と言うべきか。アフガニスタンでも、イラクでも、シリアでも、また、おそらくはウクライナでも。

世界の地政学的な布置は、二〇世紀なかばに書かれたジョージ・オーウェル『一九八四年』と、不思議と二重映しになってきた。そして、いずれの超大国でも、この小説と同じ二〇世紀中盤に生まれた老人たちが、いまだ権力の座に居座りつづけている。オーウェルの小説中の世界は、オセアニア、ユーラシア、イーストシアという三つの勢力に分かたれ、時どきに合従連衡しつつ、残余の境域での「戦争」をくすぶるように続けている。この「終わらない戦争」に、現実の超大国も、それぞれ寄生しているかのように映る。

オセアニアの盟主は、米国。
ユーラシアの盟主は、ロシア。
イーストシアの盟主は、中国——。

戦争は平和なり
自由は隷属なり
無知は力なり

どの戦争も、「平和のため」を掲げて戦われてきた。これからも、そうだろう。

〇

初めて「世界文学」（Weltliteratur）という言葉を使うのは、晩年のゲーテだったとされている（『日記』によれば、一八二七年一月一五日）。彼は、この年七八歳。ナポレオン戦争によって欧州全土にわたった戦禍の後の時代に、いまこそ国境と言葉の違いを越えて「ヨーロッパ文学総体」を「普遍的な世界文学」としてとらえなおすことで、一国民のなかにあるさまざまな食いちがいが他国民からの見解や判断を受けて、互いに補整されていく――、そうした開かれた文学の理想を思いついてのことだった。

長い戦禍のあと、復興の一〇年余りを経て、ここには、安堵のひと息が感じられる。一種のユーフォリア（多幸感）の訪れか。だから、四〇歳余り歳の離れた若い友人エッカーマンを相手に、さらに半月後、このようにも語る。

国民文学は、今やたいして意味をもたない。世界文学の時代がやってきている。その到来を促進させるために、今や誰もが力を尽くさなければならない。

一八二七年一月三一日、エッカーマン『ゲーテとの対話』

ゲーテが語ろうとしているのは、ヨーロッパという地理と交通手段を分かち持つ舞台で、「今、活躍している文人たちが互いに知りあって、関心をともにしながら、社会的に働く」、そういう関係構築に向かおうという理想である。

ここでゲーテの念頭に置かれている言語は、ドイツ語、英語、フランス語、イタリア語、古典語（ラテン語、ギリシア語）といった、西欧社会の中心部で使用される諸言語だった。彼自身も、これらの言語におおむね通じている。だからこそ、彼は、ドイツ語で語った自分のある術語が、相手のフランス人にわかりにくいような場合は、相手側の言葉によってその意味をさらに再定義しあうことで、この術語に込められる意味をいっそう明確にすることができ、また、双方の言語はより飾りなきものとして洗練されて「普遍的な世界文学の成果」となっていくだろう、との見通しを述べる（ズルピッツ・ボワスレー宛、一八三一年四月二四日）。

つまり、ここでのゲーテによる「世界文学」は、多言語間でのコミュニケーションの際限なき進展を想定する、かなりに楽観的な言語観にもとづいて構想されている。

だが、現実の局面で、コミュニケーションは、もう一方にディスコミュニケーションの側面を伴う。だからこそ、「文学」には、ディスコミュニケーション、つまり誤解や伝え損ねを母胎に生じるところもある。

ゲーテによる「世界文学」の構想を、いわば、エスペラントのような人工的普遍言語の実現に向かう初期の試案と見ることはできる。とはいえ、当時のゲーテの「世界文学」像が、ディスコミュニケーションの要素を考慮に入れた様子はない。

互いの意味が重なりあう複数の単語は一つだけに絞り込み、一方、それぞれの語に託される強弱の度合いは数値化した表現をとることで、コミュニケーションを効率化させる言語体系として、ジョージ・オーウェルの小説『一九八四年』の世界で使用される「ニュースピーク」は構想された。言語の意味にぶれが生じなければ、コミュニケーションの効率は上がる。反面、言語の意味のぶれには、これによって生じるディスコミュニケーションに媒介されて、偶発的な創造（べつの意味の誕生）への可能性が伴う。つまり、こうした言語の側面こそが、コミュニケーションの閉鎖形を破って、人間の活動に「自由」の余地をもたらすものであるとも言える。「ニュースピーク」の体系は、このような偶発的な逸脱を徹底して排除し、大衆支配のための言語としての効率を極限まで高めたものである。もし大衆が、こうした言語を使って生きるに至れば、彼らは、支配者の意に沿わない思念を抱くことさえできない。――オーウェルが、このディストピア小説で喚起したのは、そのような言語によって成りたつ「世界」の姿なのである。
だが、だとすれば……。言語の意味からディスコミュニケーションを排除することに、ある種の「理想」を見出す点で、「ニュースピーク」は、案外、ゲーテが思い描いた「世界文学」のユートピアに重なるところがあるのではないだろうか？　私は、そうした疑いも、ひそかに打ち消しきれずにいる。

ゲーテによる「世界文学」の提唱におよそ一〇年先立ち、まったく違った見地から、やはり「世界文学」と呼ぶのがふさわしく思える作品が、まだ二〇歳の若き英国女性によって書かれている。メアリー・シェリーの『フランケンシュタイン』（一八一八年刊行）である。

作品の着想が生じたのは、一九一六年夏、ジュネーヴ近郊でのこと。恋人の詩人パーシー・ビッシュ・シェリー（この時点で、二人のあいだにすでに子もあったが、シェリーに妻がいたため未入籍で、メアリーは「ゴドウィン」姓だった）らと、ナポレオン戦争直後のヨーロッパ大陸を縦断、ジュネーヴ現地で詩人バイロンらと落ち合った。レマン湖畔の宿舎に滞在するうち、めいめいに怪談話を一つずつ創作してみよう、という話になって、このときメアリーが作ったものが『フランケンシュタイン』の祖型となったと言われている。

　ゲーテが思い描いた「世界文学」は、ヨーロッパ各地の知識人たちが、互いの言語の意味上のズレを少しずつ解消していく、という、いわば「調整」型のアイデアである。一方、メアリー・シェリーの『フランケンシュタイン』は、一八世紀末に生まれ、フランス革命とそれに続く動乱の時代の空気を生きてきたヤンガー・ジェネレーション（伴侶パーシー・ビッシュ・シェリーやその友人バイロンらが、ここに含まれる）の当事者による、いたずら心に発する試みだった。メアリーとシェリーのカップルは、ナポレオンの戦争で荒廃した現実のヨーロッパの風光をあちこちに目撃しながら、逃避行とも言うべき旅を続けた。ヨーロッパ全土を縦横に移動していく『フランケンシュタイン』の下地には、こうした彼ら自身の見聞がある。

　加えて、小説という表現物は、特定の言語によって書かれる（『フランケンシュタイン』の場合なら、メアリー・シェリーの母語たる英語で）。たとえ登場人物たちが多国籍にわたって、めいめいが違った言葉を話すにしても、この作品を創作する言語は基本的に一つなのである。一つの言語によって、多言語的な状況さえも、描写しなければならない。これが、小説という手法に課された宿命なのだ。

『フランケンシュタイン』の物語は、いくつもの国にわたる舞台設定、登場人物たちによる多言語での会話、という複雑な状況をあえて次つぎに現出させながら、進んでいく。しかも、これらを順序立てて明晰に描き分ける、という首尾一貫性（コンシステンシー）に挑んでいる。小説という表現を採るさいの叙述上のルールを、あえて酷使している、と言うべきか。ここに、本書をもって「世界文学」の嚆矢と呼ぶべき特徴があると、私は考える。

高齢のゲーテによる「世界文学」観は調整的で、若きメアリー・シェリーによる「世界文学」の実践は挑戦的である。そして、いつの場合も、独創性は、より挑戦的なほうに属している。

○

メアリー・シェリーたちより一世代余り遅れて、ゲーオア（ゲオルク）・ブランデスという文芸批評家がいた。一八四二年、デンマーク、コペンハーゲン生まれのユダヤ人である。

二〇代なかばからヨーロッパ各地に遊学して、帰国後、一八七一年、コペンハーゲン大学で「一九世紀文学の主潮」という連続講演を彼は行なった。のちに、この講演録は、一八年間を費やして全六巻にまとめ直して刊行され、彼の主著となる。ドイツ語版も、自訳によって刊行した。さらに、英語版が刊行されはじめると、英国留学中（一九〇〇～〇三年）の夏目漱石もこれを味読している。

また、有島武郎は、米国留学中（一九〇三～〇六年）、ブランデスの著作からの感化で、ノルウェイの劇作家イプセンや、ロシア出身の無政府主義者クロポトキンの著作にも深く接するようになった。ブランデスは、クロポトキンによる自伝『ある革命家の手記』なども、文芸として高く評価する、という姿勢をとっていた。

さらに有島は、一九〇七年、老齢のクロポトキンとの面会を求めて、ロンドン郊外の自宅まで訪ねていく。客間の壁には、トルストイ、ドストエフスキー、プルードンと並んで、ブランデスの写真もあった。このとき、クロポトキンは、有島に対して、日露戦争開戦時に「平民新聞」で非戦論を唱えた堺（利彦）、幸徳（秋水）について、いま彼らはどうしているか、などと消息を尋ねた。――有島にとって、こういった回想を記した「クローポトキン」（「新潮」一九一六年七月）が、同人誌「白樺」以外の一般文芸誌へのデビューとなった。

ブランデスの著作は、このような経緯をたどり、大正期に入るころから、日本でも盛んに訳された。なぜだろうか？

ゲーテのような西欧本位の「世界文学」観からすれば、極東の明治日本で、これから「文学」を出発させたいと考える漱石らの問題意識は、蚊帳の外に置かれたままとなる。かたや、ヨーロッパにおいては、ブランデスらが立つ場所も、また、そうだった。彼の母語は、ゲーテの「世界文学」に想定されていないデンマーク語である。ドイツ語も習得していたが、みずからデンマーク語という周縁的な言語で書き、弁じ、また自身でこれをドイツ語に「翻訳」もする、という状況のなかを生きていた。また、重く動かしがたいプロテスタント社会のなかで、彼自身はユダヤ人の家庭に育ち、子ども時代に仲間から受けた排斥の記憶も心に留めて過ごした。

一八七一年、デンマークに帰国したブランデスが、コペンハーゲン大学で「一九世紀文学の主潮」の連続講演を始めたとき、会場の講堂には聴衆が押し寄せた。だが、自国の文学をめぐる旧弊打破、教会権威に対する世俗的な自由の主張、ショーヴィニズムへの非難、といった彼の姿勢は、教会はもとより、ほどなくジャーナリズムからの反発も集めて、「社会主義者」「破廉恥漢」「非国民」といった非難を浴びる。

ブランデス『一九世紀文学の主潮』は、次のような全巻の構成である。

第一巻「亡命文学」(日本語版は、最初、「移民文学」と訳されていた)、第二巻「ドイツのロマン派」、第三巻「フランスの反動」、第四巻「英国の自然主義」、第五巻「フランスのロマン派」、第六巻「若きドイツ」。

本書の構想は、一九世紀の西欧における文学の動向を、一八世紀の文学――その集約点としてのフランス革命（一七八九年）――に対する反動とこれの克服の過程としてとらえ、ここに発する仏・英・独の文学上の潮流を概観しようとする。期間としては、おおむね、一九世紀初頭（第一巻ではその前史を含む）から、全欧州をさらなる革命が覆う一八四八年まで――つまり、一九世紀前半のおよそ半世紀間を論じる。

第一巻「亡命文学」は、ヴォルテールらの啓蒙思想に淵源するフランス革命とそれへの反動がもたらす、主に一九世紀初頭前後のフランス文学の動向が論じられる。

以下のような章立てである。

序論／シャトーブリアンの「アタラ」／ルソーの「新エロイーズ」／ゲーテの「ウエルテル」／シャトーブリアンの「ルネ」――新精神の発見／セナンクールの「オーベルマン」／ノディエ／コンスタンの「宗教論」及び「アドルフ」／スタール夫人「デルフィーヌ」／スタール夫人の追放／スタール夫人の詩学――「コリンヌ」／国民的及び新教的偏見に対する争闘／古代芸術に対する新観察／スタール夫人の「ドイツ論」／バラント／結論

特徴的なのは、ここでの「反動」というキーワードが、いわゆる〝進歩〟思想に対する〝反動〟思想という否定的な価値判断を含んでおらず、あくまでも動（アクション）に対する反動（リアクション）という、没価値的な概念として用いられていることである。「反動そのものは、退歩と全く同意義ではない。それどころか、真の、補修しかつ匡正する反動は、進歩である」とブランデスは述べている。急激な革命のあとには、これに対する反動の思潮が高まり、さらには、その反革命に対する反動もまた起こる。こうした反動は、強烈だが短期的なものであり、停滞することがない。革命の行きすぎをこの反動が揺り戻し、日陰に押しこめられていたものをふたたび陽のあたるところに引き出せば、これがまた革命期の実質を包摂し、和解をもたらし、さらにその運動を継続していく。

フランス革命によって蒔かれた新しい種子は、文学においてはただちに発芽したわけではなかった——と、「亡命文学」でブランデスは述べている。なぜなら、短期間のうちに二度も、あらゆる個人的自由を破壊する圧制が行なわれた。最初のものは、急進派のロベスピエールらが導く国民公会（一七九二～九五年）による圧制。次には、ナポレオンによる帝国（一八〇四～一四年、一五年）がフランスの境域を越えて外に出ていくなかで起こっていた。

第一の恐怖時代に、貴族、王家、僧侶、革命の終結をめざすジロンド党員はことごとく粉砕されて、残る近親の者らはスイスの別宅や、北米の荒野に逃れた。第二の恐怖時代は、国内にあって声を上げる者を、迫害、追放し、あるいは逮捕、銃殺した。そこから身をかわそうとする者は、また国外に逃れるほかなかったが、それもまた困難なことだった。なぜなら、帝国はたちまちイタリア、ドイツまで併呑しつつ、彼らの跡を追ったからである。

これら二つの圧制下にあって、フランス人が文学活動をなし得たのは、パリの外の田舎町だけ。また、むしろ、スイス、北米、英国その他の地で、この種の動きは営まれた。こうやって各地に散在しながら形成されたフランス人の文学集団に共通する特徴は、文学上の革新派も、反動的な正統派も、また、自由主義的な反対派も、ことごとくが反抗的だという点にあったと、ブランデスは述べる。みずから亡命貴族（エミグレ）軍に加わって反動派に位置づけられるシャトーブリアンさえ、「自由と名誉」を自身の標語に掲げていた。

むろん、シャトーブリアンは、ひとことで「反動派」と片づけるには、複雑な性格の持ち主だった。国民公会による圧制が始まるのに先駆けて、彼は北米に逃れ出て、旅をした（一七九一年）。そこでアメリカ先住民との接触を持ち、『アタラ』（一八〇一年）、『ルネ』（一八〇二年）といった先住民の世界に題材を求めた叙事詩的な物語を初めてフランス文学の伝統に持ち込んだ。

このように、フランスからの亡命者によって担われ、それが国と言語を横断する交流を生じさせ、さらには、異国の自然文物についての知識を自国に持ち帰らせる文芸上の諸現象の生起を、ブランデスは「亡命文学」と呼んだのだった。

続いて英国の急進的で天稟に溢れる二人の詩人、バイロンとシェリーについて、ブランデスは詳述する（『一九世紀文学の主潮』第四巻「英国の自然主義」）。ただし、シェリーの伴侶メアリーについては、女性解放の最初の有名な主唱者メアリー・ウルストンクラフトと、高名な自由思想家ウィリアム・ゴドウィンのあいだの娘であると紹介しながら、その作品『フランケンシュタイン』については、完全に無視する。これは彼に限ったことではなくて、伝記作家アンドレ・モーロワによる『シェリーの生涯』（一九二三年）も、詩人シェリーについての洞察に富んだ見解を各所に示しながら、その伴侶メアリーの作品にはいっさい触れることがないのである。いったい、いつから、世間は『フランケンシュタイン』に注目するようになったのか？　むしろ、一九三〇年代以後、ユニバーサル映画による一連の怪奇映画化が加速するようになってのことだったか？　いや、それより、いまだに『フランケンシュタイン』という小説は、正当な評価を得ていないのだ、と言うべきか？

メアリーが『フランケンシュタイン』を執筆する当時、彼女と伴侶パーシー・ビッシュ・シェリーの身辺は、ゴシック小説さながらに、入り組んだ人間関係と、おびただしい死の気配に取り巻かれている。だが、これらもまた、革命と科学の時代の到来に重なる事情を帯びていた。

先に述べたように、メアリー・シェリー（一七九七〜一八五一）は、女性解放運動の先駆者メアリー・ウルストンクラフトと、現代アナキズム思想の祖として位置づけられるウィリアム・ゴドウィンのあいだに、ロンドンで生まれた娘である。ただし、母ウルストンクラフトは、彼女を出産して一〇日余りで、産褥熱のため、不幸にも落命する。

一方、夫となる詩人のパーシー・ビッシュ・シェリー（一七九二〜一八二二）は、メアリーの父、『政治的正義』（一七九三年）の著者ゴドウィンの信奉者だった。その影響下に、オックスフォード大学在学中、シェリーは『無神論の必要』というパンフレットを書いたことから、放校処分を受けている。

だが、いざゴドウィンの面識を得てみると、彼はすでに盛りを過ぎて忘れられかけた思想家で、多額の借金も抱えていた。シェリーは、ゴドウィンから娘メアリーとの交際を強く反対されながらも、彼への金銭的な援助者となっていく。まだ、当のシェリーは、二二歳になろうとする若者である。だが、このシェリー自身も、一九歳のときにハリエット・ウェストブルックという一六歳の相手と無理を押して結婚に踏み切ったものの、うまくいかずに、いまは互いに心通わぬ間柄になっていた。

メアリーが父ゴドウィンからの反対を押しのけ、シェリーとともにヨーロッパ大陸への駆け落ちに踏み切るのは、一八一四年。シェリーが二二歳、メアリーが一七歳になろうとしている夏だった。メアリーの異母妹ジェーン（ゴドウィンの再婚相手の連れ子、のちにクレアと改名した）も、二人に同行した。だが、一カ月余りで行き詰まって、彼らはロンドンに戻っている。

翌一五年、メアリーが最初の娘を産む。しかし、月足らずの出産で、名づけられることもないまま、半月余りで死亡した。

一六年、年初に、長男ウィリアムを出産。晩春、この子を伴い、シェリー、メアリー、クレアは、ジュネーヴに向かい、現地で詩人バイロンらと落ち合う。夏、一夜の余興として怪談話の競作を試みたおり、メアリーは『フランケンシュタイン』の構想に取りかかる。同年一〇月、シェリーの妻ハリエットが自殺。メアリーとシェリーは、そのあと、すぐに結婚。メアリーの父ゴドウィンは、これを歓迎した。

一七年、メアリーは、娘クレアラを出産。メアリーの異母妹クレアは、バイロンとの娘

6 『フランケンシュタイン』は、世界をどう描いたか

いま、ここにある「世界」とは、何か。また、どのようにすれば、それを叙述できるか。そうしたことについて、『フランケンシュタイン』という小説は、こまやかに考えぬかれた構成を持っている。

——物語は、冒頭、語り手となるウォルトンという青年が、英国にいる姉にむけて記す四通の手紙で始まる。彼は、いま二八歳で、英語以外の諸国語を身につける必要があると気づいたときには、もう手遅れだった、と述べるような人物である。かなりの財産があるらしく、北極をめざしての冒険航海に隊長として乗り出すために、船長以下の乗組員を雇い入れ、出港しようというところである。手紙の日付には「一七××年」とあって、話が進むにつれて、だんだんそれが一八世紀末近くのことだとわかってくる。

最初の手紙は、ロシアのサンクト・ペテルブルクから。

二通目の手紙は、出港地のアルハンゲリスクから。三通目も同様。

そして、四通目の手紙は、もはや北極海をめざして出港後のもので、当面は姉にむけて発送されるあてもないまま、書き継がれていく。

この手紙のなかで、彼は次のように書く。

先週、船は四方を氷に囲まれて、操船もままならない状態に陥った。気がつくと、氷の大平原を、犬に橇を引かせて、巨人のような背丈のものが、北をめざして消えていくのが見えた。

やがて氷が割れて、船は自由が利くようになった。すると、夜のうちに氷塊の一つに乗った若い男が、船の近くに漂いついた。やはり橇に乗った状態だったが、犬は一匹を残して死んでおり、男自身も寒さと疲労で瀕死に見えた。異国なまりの英語を話す外国人だった。先の魔物じみた巨人を追いかけていたようで、船に引き上げて養生させるうちに、彼は少しずつ身の上を話すようになった……。

以上が、この物語の導入である。

以下、この異国人の若者（ヴィクトル・フランケンシュタイン）から語り手ウォルトンが聞き書きをした記録が、さきの姉宛の四通目の手紙に付されるという体裁で、『フランケンシュタイン』という小説の本文部分が始まる。ウォルトンは英語しかできないのだか

ら、フランケンシュタイン青年は、衰弱しながらも、なまりのある英語で話しつづけたわけである。

この異国の若者フランケンシュタインは、ジュネーヴ人で（したがって、母語はフランス語ということになろう）、父はジュネーヴ共和国の高官だった人物である。

一七歳で、ドイツ・バイエルンのインゴルシュタットにある大学に留学した。化学を専攻したが、アグリッパなどの中世の錬金術にも興味があって、人体の構造、生命の原理への関心をつのらせた。とうとうタブーを破って、納骨堂、解剖室などから密かに人体の各部分を集めて、生命を創造することにのめり込む。二年を経て、ついに、その生命体は完成を見た。だが、それは見るもおぞましい姿だった。彼は、耐えられなくなり、部屋を飛びだす。

日を過ごすうちに、郷里の父から手紙がくる。幼い下の弟が殺されたというのだ。郷里に戻ると、その山中で、自分が造った怪物と彼は会う。それは言う。「困苦がおれを悪魔にしたのだ。おれを幸福にしてくれ、そうすればおれもまた正しいものになるから」。そして、怪物は、ここまでの〝身の上話〟を語りはじめる。

……生命を吹き込まれてから、生み落とされたインゴルシュタット近くの森のなかをさまよった。

やがて、納屋を見つけて潜り込んだ。そこから、隣接する母家をこっそり覗くと、若い娘と若い男、悲しげな様子の老人（あとで盲人なのだとわかる）が、貧しくもむつまじく三人で暮らしていた。ただ、彼らは、ときどき、ほかの者に気づかれないよう、片隅で泣いたりした。そのころのこととして、怪物は述べる。

> だんだんともっと重要なことがわかってきた。たとえばこの人たちが自分の経歴や感情を、音声でお互いに伝え合う方法をもっていることがわかった。……発音がはやくて、そのことばは、目に見えるものと見たところなんの結びつきもないので、意味の秘密をとく手がかりを見つけることができなかった。しかし、おおいに精力を集中し、数カ月の時間をかけたあとで、いちばんよく話にでてくる物の名前を発見し、火、牛乳、パン、薪というようなことばをおぼえ、それから家の人たちの名前をおぼえた。若い二人には名前がいくつもあったが、老人にはたった一つで、それはお父さんであった。娘は妹あるいはアガータとよばれ、若者はフェリックス、兄さん、あるいはせがれと呼ばれた。こういう声音にあてはめられる観念がわかり、それを発音することができるようになったときの喜びは言い表すことができない。

のちにわかることだが、この一家は、お互いにフランス語で話している。つまり、怪物は、こうやって最初に言葉をフランス語で習得し、そのことをジュネーヴ人のフランケンシュタインにむかって、身の上話としてフランス語で話しているわけである。

そして、フランケンシュタインは、これらの経緯を、語り手たるウォルトンに、〝異国なまりの英語〟に訳して伝えている。

こういう伝達の回路が設定されているからこそ、作者のメアリー・シェリーは、いま、これらの会話の全体を、すべて英語で、ここに書ける。——そういう形をなしているのが、この『フランケンシュタイン』という小説なのである。

しばらくして、この一家のもとに、サフィという名の、アラブ人の若く高雅な女性がやってくる。サフィはフランス語がわからないので、フェリックスとアガータは彼女にその言葉を教えていく。字も教える。怪物も、壁の隙間からその様子を覗き見しながら、言葉と文字を覚えていく。

あるとき、フェリックスがサフィに教えている書物は、ヴォルネーの『諸帝国の没落』だった。（史実において、C・F・ヴォルネー（一七五七〜一八二〇）の原著 *Les ruines, ou Méditation sur les révolutions des empires* は、一七九一年に刊行されている。）

この本によって、怪物は、ローマ帝国の没落のこと、騎士道とキリスト教と王たちのこと、アメリカ大陸発見のことを聞き、そしてサフィと同じく、アメリカ先住民の不幸な運命を嘆いた。

やがて、この人たちの身分についてもわかってきた。老人はド・ラセーという名のフランスの裕福な名門の人で、息子フェリックスは士官として育成され、アガータは最高位の貴婦人と肩を並べる扱いを受けていた。ここに到着する数カ月前まで、彼らはパリという都会に住んでいた。

サフィの父親が、彼らの破滅の原因となった。この父親はトルコの商人で、永年パリに住んでいたが、(まだ怪物にはわからない理由で) 急に政府の不興を買って、獄に囚われ、死刑を宣告された。彼の宗教と富とが、罪を負うものとされたらしかった。

偶然、その裁判を傍聴していたフェリックスが、この判決に義憤を抱いて、なんとか彼を救出したいと申し出た。

トルコ人はこの申し出を喜び、無事に助けてくれたら、多くの富を報酬として差しあげると誓った。フェリックスは自身の誇りにかけてそれを拒んだが、たまたま、コンスタンチノープルから来て居合わせていた彼の娘サフィの美しさには心を引かれた。トルコ人はそれを見逃さず、自分が救われた折には娘を差しあげると約束した。フェリックスは受け入れはしなかったが、それを望む気持ちが動いていたのも確かだった。

サフィとは、彼女の父親の召使いでフランス語を解する老人の助けを借りて、意思を通わせることができた。サフィの母は、キリスト教徒のアラブ人で、トルコ人に捕まって奴隷にされていた。美しい人だったので、サフィの父親が気に入って、ついに結婚した。すでに母は死んでいる。それでも、フェリックスとともにヨーロッパ世界に暮らすことは、サフィの望みにもかなっていた。

フェリックスは、このトルコ商人をイタリアのリヴォルノに脱出させた。だが、その間に、ド・ラセーとアガータが共犯の疑いをかけられ、捕らえられた。フェリックスはサフィとリヴォルノでの再会を約してパリに戻り、父と妹の釈放を望んで自首して出た。だが、それは成功せず、結局、一家は永久国外追放を宣告されることになる。

こうした次第で、この一家が、フランス革命当時の亡命者《エミグレ》に属する人びとだったらしいとわかる。

かたや、サフィの父親であるトルコ人の商人も、パリでの貴族や王家とのつながりを問われて捕らえられたのであろう。ただし、言葉を覚えはじめたばかりの怪物には、まだ、彼らがフランス政府の不興を買った理由はわからなかった。

こうした経緯によって、ド・ラセー一家の追放は、C・F・ヴォルネー *Les ruines, ou Méditation sur les révolutions des empires*（『諸帝国の没落』）が出版される一七九一年ごろから、テルミドールの反動（一七九四年七月）でロベスピエールらが失脚するあたりまで、その前後数年のうちに起こったのではないかと推測できる。こんな本を読むのだから、ド・ラセーの一家はかなり自由主義的な考えの持ち主で、いわゆる反動的王党派貴族ではなかったはずである。だから、革命の嵐が吹きすさぶなかを、頭を低くし、パリで過ごしていたのだろう。

かといって、ここでメアリー・シェリーは、革命急進派の犠牲となったトルコ人商人を、悲劇の当事者として持ち上げるわけでもない。

この商人は、大恩ある救出者であるフェリックスの一家がこうして窮地に陥ったことを知ると、あっさりと信義を裏切る。つまり、娘を連れてさっさとイタリアから去ることにして、わずかばかりのカネを彼らに送って寄越すだけなのである。

トルコ人の忘恩と、愛するサフィの喪失は、フェリックスを打ちのめした。だからこそ、彼女が父親の支配を振り切って、こうしてやってきたことは、大きな喜びだった。

――あるとき、ついに怪物は決心して、老人ひとりしかいないときを見計らい、この亡命者一家の戸口をノックする。「お入り」という声が聞こえて、彼は入っていく。盲目の老人と、彼はフランス語で会話する。怪物は、自分の孤独な境涯を告白し、一家の友として受け入れてもらえないかと頼もうとしている……。だが、ちょうどその瞬間、扉が開いて、若い三人が何も知らないまま家に入ってくる。恐怖と驚愕の声が響く。フェリックスは、満身の力を込めて棒で怪物を殴りつけ、家の外へたたき出してしまう。

怪物が、森で拾ったゲーテの『若きウェルテルの悩み』を読むくだりがある。ミルトンの『失楽園』、そして『プルターク英雄伝』のうちの一冊も。それらは、旅行者が持っていたらしい仏訳版だったおかげで、どうにか、読み進むことができたのだった。なかでも、『若きウェルテルの悩み』は、いろいろな初めての感情を、彼のなかに呼び覚ました。けれど、そこで語られている人びとと自分のあいだに、どこか、奇妙に違っているものがあるのも、彼は感じる。

自分には、この世のどこにも、縁のある者がいない。妻となりうるような相手もない。生きていること自体が疎まれて、たとえ死んでも、それに気づく者さえいないだろう。未来永劫、一人きりなのだ。造り主のフランケンシュタインに、彼は、その孤独に対する恨みと怒りをぶつけて、訴える。ここでの彼らは、お互いが、いわばドッペルゲンガー（自己像幻視）である。作者のメアリー・シェリーにとっても、そうだろう。自分が生まれてくるときの産褥で母を亡くし、自身の産んだ娘を生後まもなくに亡くして、夫シェリー（まだ彼らは正式な結婚はしていなかったが）の最初の妻を自殺で亡くし、さらにまた自身が息子を産み、娘を身ごもるなかで、メアリー・シェリーはこの小説を書いていた。

小説全編が書簡体に包摂されるという形式においても『フランケンシュタイン』と『若きウェルテルの悩み』は相似ており、若い英国人メアリー・シェリーという女性作家が、同時代ドイツの偉大な作家ゲーテに寄せていた親しみを見ることができる。この作品中のゲーテも、まだ二〇代前半の若さである。

フランケンシュタイン青年は、ウォルトンに身の上を語る。そして、怪物は、造り主のフランケンシュタインに身の上を語っている。さらにまた、ウォルトンは、この小説全体をいわば身の上話のように、英国の姉に手紙で書き送っているのだから、どこまでも告白の連鎖で、この全体がメアリー・シェリーという少女（といっても人妻）の身の上話のようにも、だんだんに感じられてくるところがある。

こうしたなかで、怪物は、フランケンシュタインの弟、その実家の家政婦、親友、そして幼いときからの許婚者までをも次つぎに殺していく。

――物語の終盤、フランケンシュタインは、わが手でつくったこの怪物を、どうにか自分で処置するべきだと決意して、追跡の旅を続ける。……ローヌ川から地中海、黒海へ。シベリアの広大な荒野にも。

だが、つかまらない。

結びの部分は、ふたたびウォルトンから姉宛の手紙の続きになっている。発送のあてもないまま、日記のように、日を追って日付を付して、それは続いていく。船はまたも氷に閉ざされ、やがて英国にむかって動きだすが、フランケンシュタインはさらに衰弱して、ついに死ぬ。

深夜、しわがれた声のようなものが聞こえてきて、ウォルトンは手紙を書くのを中断し、フランケンシュタインの棺を置いている船室に向かう。（ということも、手紙のなかで報告されているのだが。）

棺の遺体の上に、巨体の怪物はかがみ込み、顔はもじゃもじゃの髪に隠れていたが、その手はミイラのようで、悲しみと恐怖のような叫びを上げていた。ウォルトンが入ってきたのに気づくと、怪物は壁ぎわに飛びすさる。

これがウォルトンと怪物との初めての直接の対面である（導入部で、橇に乗った怪物が氷原をいく姿を望遠鏡で眺めたことはあったが）。それまでは、フランケンシュタインを通して、この怪物という存在についての話を聞いていただけだった。

怪物には、物語の結末に至るまで、「名前」がない。あなたは誰です（who are you?）、盲目の老人ド・ラセーからそう訊かれる以外は、呼びかけられることがないのである。そのことが、この生き物の孤独を示す。同時に、それが、読者に怪物をフランケンシュタインその人の影のように感じさせ、怪物と彼の名前との混同をしばしば引き起こす誘因にもなっている。

この小説の正確な題名は、『フランケンシュタイン、あるいは現代のプロメテウス』（*Frankenstein: or The Modern Prometheus*）である。プロメテウスは、天上の火を人間のもとに運んでゼウスから罰を受ける。彼は水と土から人間を造ったともされている（アポロドーロス『ギリシア神話』）。だから、この副題はフランケンシュタインという人物と同義であって、実質上の主役である怪物は、表題の上でも、名指されないままなのである。

ともあれ、ウォルトンと怪物は、孤独や罪について、いよいよ、ここでひとわたり問答をする。だが、その場面は、この小説で唯一、論理的な破綻をきたしている。英語しかできないウォルトンと、フランス語しか解さないはずの怪物が、いったいどうやって、こんな理屈を述べあえるのか。首尾一貫性ある語り口で、ここまで細心の注意をはらって拵えられてきた小説の「世界」は、ついに、二つに裂けてしまう。なぜ、作者メアリー・シェリーは、あえて最終盤に来て、そうすることを選んだのか？ それは、この小説が最後に残した謎であろう。

だが、何かを産み落とすこととは、おしなべて、こういう行為ではないだろうか？　胎児は、いつでも、母親の体を引き裂き、この世界へと産まれ出てくる。メアリー・シェリーは、物語の母体となった首尾一貫性をあえてみずから引き裂くことで、新しい作品の「命」の独り立ちを選んだようにも見えてくる。

「おれをつくりだした人は死んでいる、だからおれがなくなれば、おれたち二人の記憶もすぐに消えるだろう」

怪物は、そう言って、船室の窓から、船の近くにある氷塊の上に飛び降りて、やがて波に運ばれ、暗闇のなかに消えていく。

7　ヴィノクロフのこと

先に述べた、サハリン島中部東岸のポロナイスク（日本領時代の敷香《しすか》）でのマリヤさんこと金山秀子さんとの出会いに立ち戻ろう。

出会いの翌日、ポロナイスク郷土博物館に案内してもらった。ニヴヒ、ウイルタ、ナナイ、エヴェンキ、そしてアイヌという、地元と関わりの深い五つの北方先住民族についての展示室が中心になっている。館長は女性で、「日本から来てくれた記念に」と、キリル文字で『オタス』と表題が入ったペーパーバックの本を一冊、みずからのサインも添えて、手渡してくれた。一九九四年刊行の本である。

オタスとは、日本領時代、ポロナイ川（当時は「幌内川」と書いた）の河口近くに開けた敷香の町より、やや上流部に設営されたアイヌ以外の北方先住民族の集住地である。幌内川と敷香川が合流するデルタ状の土地に、ウイルタとニヴヒの集落がそれぞれにあり、ニヴヒの集落の奥には、ヤクートのヴィノクロフ一家の屋敷があった。『オタス』という本には、写真や図版も多数収められており、どうやら、このヤクートの家長、ドミートリー・ヴィノクロフについての伝記が中心をなしているようだった。著者は、ニコライ・ヴィシネフスキー。一九五九年生まれで、ポロナイスク市文化部職員などを勤めた人らしい。金山さんの再婚相手、四年前に亡くなった李さんも、著者が本書を執筆するにあたって、事実調べなどを手伝っておられたという。

ポロナイスクの町なかには、真っ黒な水のチョロナイ川が、運河のように流れている。「ツンドラから溶け出す水で、こんな色になるの」と、水面を指さし、金山さんは言った。巨大な煙突を備えた旧王子製紙の工場が河畔に残っているが、いまは操業をほとんど止めて、なかば廃墟のようになっている。

町外れ、ポロナイ川の河口に近い船着場から、小型の渡船で対岸の集落サチに渡る。日本領時代の「佐知」である。いまは、オーストラフィ・ユージニ（「南の島」の意）という地名なのだが、サチという呼び名も残っている。地元のニヴヒらしい青年たちが、揺れる船上から手を差し出して、ほかの乗船者たちを助けている。金山さんも、最初の夫である韓さんがサチに漁船の網を作る工場を持っていて、一九五二年、一七歳で結婚してからの二年ほど、ここに暮らしていたことがあるという。

オタスは、サチより、さらにいくらか上流にあたる。

「あのあたりですよ」

かすみを帯びた暖かな日差しのなか、左と右から二つの大きな川の流れが合わさるあたりを、金山さんは指さす。

日本領時代の終わりとともに、先住民族の集住地としてのオタスは廃され、旧住民たちはサチやポロナイスク市内に移ってきた。戦後のオタスは木材工場が営まれたり、刑務所が建てられたりしたが、最近では刑務所の建物も使われていない。現在は無人の地で、前年の洪水で橋が流失しており、いまは現地に行くすべもないのだという。

冬のあいだ、ポロナイ川は凍結するので、ポロナイスクの町の側から、対岸のサチまで歩いて渡ることができる。きょうは好天で、サチの岸辺の砂地に牛が放牧されて、のどかな景色である。船着場からしばらく歩くと、一九四五年八月、日ソ間の戦闘に巻き込まれるなどして命を落とした、北方少数民族の男性たちの慰霊碑が建っていた。碑の裏面に、犠牲者一人ひとりの名前が記されている。キリル文字で彫られているが、全員が日本名である。ニヴヒやウイルタの人びとは、ツンドラ地帯や森の雪のなかでも、犬橇やトナカイを駆るなどして北緯五〇度線の国境を越え、両地の親族たちのあいだを自在に行き来することができた。だからこそ、戦争の危機が迫ると、日ソ双方の当局から密偵などの行動も強いられた。にもかかわらず、いざ戦闘が始まると、彼らの安全はどちらの部隊からも援護されることなく、戦火の下で使い捨てにされた実情が見えてくる。

日本語の碑文は「安らかに眠れ」と書いてある。同じ意味らしいロシア語の碑文もある。アイヌ語は、独自の文字がないので、カタカナ書きで。ウイルタ語、ニヴヒ語にも独自の文字はなく、それらはキリル文字を使って、同様に書かれている。さらに、朝鮮語の碑文もあり、これはハングルで書かれている。ただし、この碑文だけが、かなりの長文になっている。

「どうしてですか？」

と、金山さんに尋ねた。

彼女は、ただ微笑して、

「読んでごらんなさい」

と答えた。

朝、ポロナイスクの町なかのバザールで、物売りしている朝鮮人の老婦人たちと、少しだけ朝鮮語でやりとりした。老婦人の一人は、「朝鮮語を話すニッポン人を、わたしは生まれて初めて見たよ！」と、仲間たちに叫んで、笑った。金山さんは、その様子を横目に眺めていたらしい。

だが、学生時代に自主講座で少し習っただけの私の朝鮮語（当時は、NHKの「アンニョンハシムニカ講座」も、大学での正規の第二外国語の講座もまだなかった）は、すっかり錆びついている。どうにかこうにか、金山さんにも助けてもらいながら、読んでいく。（金山さん自身も、日本領当時の少女時代、朝鮮語は読み書きできなかった。戦後のソ連時代に入ってから、「意地になって勉強した」という。ただし、朝鮮語の新聞は発行されていたが、人前で朝鮮語や日本語では話せない社会だった。）

碑文は、このように書いてある。

一九四五年八月、レオニードヴォで日本の警察の手によってキム・ギョンペク氏ほか一八名が虐殺された。英霊たちよ、安らかに眠ってください。

レオニードヴォとは、日本領時代の「上敷香」のことである。

当時、上敷香には日本軍の守備隊がおり、飛行場もあった。ソ連軍の敷香への到達が迫る八月一七日ごろ、町の朝鮮人たちが「ソ連のスパイの疑いがある」と、警察署に連行されて、翌日、そのうち一九人が射殺された。警察官と警防団が、町のあちこちに火をつけて回るなかでの出来事だった。ただ一人だけが、どうにか逃げ出し、事件の証言者となったという。

　このあと、ドライヴァーのイワンさんが勤める製材工場の同僚で、サチの船着場近くに家があるハタケヤマ・アリョーシャさんを訪ねた。ハタケヤマさんは、戦後生まれの日本人である。むろん、ロシア流の定義での「日本人」であって、当人はロシア国籍だが、民族名が「日本人」。彼自身は、日本語を話せない。おそらくは、日本領時代から樺太の住人だった両親が、戦後も何らかの事情で日本に引き揚げることを選ばず、やがてアリョーシャさんが生まれた、ということなのだろう。丸顔で、四〇代のなかばくらいか、頭頂部の髪がいくらか薄くなった人である。陽気なロシア人の奥さんとのあいだに、一七、八くらいの息子と、三歳の娘がいた。娘の名はヤナ。木造二階建ての家は、現在も普請中で、アリョーシャさんが自分で大工して建てている。地面に溝を掘り、自前の下水道を川まで引こうとしている、とのことだった。

　母親は、二年ほど前に亡くなった。父親は、彼が幼いころ、冬場に対岸のポロナイスクの町から帰ってくるとき、橇で流氷の上を走って、割れ目から海に落ち、死んでしまった。

　金山さんが、

「よせばいいのに、一杯気分で、わざわざ海のほうを走っちまって。のんべえだったたから」

と言う。若いころ、互いに知る間柄だったのだろう。

渡船でポロナイスクの町の側へ戻って、ポロナイ川がオホーツク海にそそぐ河口に向かって歩いた。

幾組かの人たちが、海に網を入れ、浜の流木に座って、獲物がかかるのをじっと待っている。最近まで、サケがよく獲れたが、先日の時化《しけ》以来、ぱったり来なくなってしまったという。獲物がかかれば、バザールで売る。誰が売ってもいいのだそうだ。その場で何かを売っていれば、市の集金人が所定の場所使用料を集めにくる。

バザールでサケを二匹買って帰り、この日は、金山さん宅でごちそうになった。ところが、調理中に突然、水道の水が止まってしまった。しばしば、こういうことがあるという。いつ、水が止まるのかはわからない。

自家製の味噌で、大根と玉ねぎの味噌汁。麹から、ほんのり、酒のような香りが漂う。豚肉とじゃがいもの煮付け。葉物のサラダ。野菜は、ダーチャ（郊外にある菜園付きの別宅）でつくる。豚も飼っている。

金山さんは、市役所の先住民族担当の生活相談窓口に勤めるキタジマ・リューバさんも夕食に誘ってくれていた。彼女はウイルタで、一九四五年生まれ。ポロナイスクの先住諸民族の人数について、

ニヴヒ　一五〇人
ウイルタ　一五〇人
エヴェンキ　二五人
ナナイ　一五〇人
と、メモ書きを確かめながら、教えてくれた。
さらに、市内の日本人協会に登録している日本人は、三二人。
「なぜ、サハリンの先住民族で、アイヌだけがゼロになっちゃったんですか？」
と、私は彼女に尋ねた。
――正確なところはわかりません。でも、ウイルタ、ニヴヒには認められている漁業権、狩猟権などの優先枠が、アイヌにはないからじゃないでしょうか。住民登録のさい、「民族名」は自分で選ぶことができるので。――
考えをめぐらせながら、穏やかな口調で、リューバさんは答えてくれた。たとえば、ウイルタやニヴヒになら、一年に何キロまでサケを捕獲してよい、とか、この期間にこれだけの狩猟をしてよい、といった、先住権とも言うべき優先枠があるらしい。そうした権利がアイヌには認められてこなかった、ということである。

現在、ロシア社会の民族構成は、国勢調査によって把握されている。ここでも、民族名は自己申請である。

実際に、どの民族に属しているかは、顔を見ればおおよそ見当がつく、とリューバさんは言った。彼女は、こちらが話す日本語は聞き取れる。両親たちは、日本語も使いながら、オタスで暮らした。日本敗戦の年、彼女が生まれた。その後も、周囲の人たちがときとして日本語で話すのを耳にする環境で、彼女は育ったのだろう。私が金山さんと日本語で話しているのをじっと聞いていて、いまにも日本語で話に加わろうとする様子なのだが、そのたび、発語の直前にためらいが働き、ロシア語に直して話しだす、といった様子なのだ。はにかみ屋のようで、手の甲を口もとに寄せて、ふふふ、と声を漏らす。

朝鮮人。日本人。ロシア人。そして、さらに……。

この日、別れぎわに、私は金山さんに、

「ご自分のことを、なに人だと思いますか？」

と、尋ねてみた。

ほとんど間髪を容れずに、彼女は、答えた。

「エミグレですよ」

流亡者、とでも受け取るべきか。人生のなかで、彼女は、それについて幾度ともなく考えてきたのだろう。

エミグレとは、もともと、『フランケンシュタイン』の怪物が森のなかで行きあうような、フランス革命によって亡命と流浪を余儀なくされた旧貴族などの人びとを指した。

戦争、革命、社会体制の崩壊。難民としての旅は、やむことなく、世界のいたるところで、現在まで続く。阪神淡路大震災、東日本大震災と福島の原発事故でも経験したように、当たり前のこととして続いてきた私たちの市民としての暮らしが、突然断ち切られ、「難民」の立場の日々が始まる。

同じ「エミグレ」という言葉が、二〇〇年を超え、ロシア社会のいちばん隅、サハリン島の町でもなお生きている。

○

日本に戻ると、私は、かつてオタスに住んで「トナカイ王」とも呼ばれた、ヤクートのヴィノクロフについても、だんだん多くを知りうるようになった。ポロナイスクの郷土博物館でもらった『オタス』というペーパーバックで、その生涯が描かれていた人物である。

資料の解読に便宜を与えてくださったのは、北海道の北見市立図書館（その後、ピアソン記念館）の伊藤悟さんだった。北見市とポロナイスク市は、姉妹友好都市の提携を結んでおり、伊藤さんは、『オタス』の著者ニコライ・ヴィシネフスキー氏に、同書を執筆するさいの日本語文献情報などの提供にあたってこられた方だった。伊藤さんからの助力で、私は、ロシア語で書かれた同書の内容にも、すみやかに接することができた。（のちに、同書は、二〇〇五年に『オタス――サハリン北方少数民族の近代史』小山内道子訳、北海道大学大学院文学研究科〈非売品〉として日本語訳がなされ、さらに二〇〇六年、同じ訳者による改訂版が『トナカイ王――北方先住民のサハリン史』という表題で、成文社から刊行されている。）

ヤクートのドミートリー・プロコーピエヴィチ・ヴィノクロフは、一八八四年、極東ロシアのヤクーチア（現在のサハ共和国）で生まれた。教育を受け、金鉱山で働き、やがて仲買商人の婿となった。普通なら、ここで自足してもよい。だが、サハリンで石油が出た、という話を伝え聞いたりするうち、野心が増した。

一九一二年、二八歳のとき、タタール海峡（間宮海峡）を渡って、北サハリン西岸のルィブノエに移り住む。当時、人口二〇〇人たらずの村である。ここで、妻アナスタシアとのあいだに、長女エヴドーキア、次女ヴァルヴァーラが生まれる。トナカイの遊牧を生業とした。加えて、日用品や酒、弾薬の行商、さらに、クロテンなどの毛皮の仲買人へと、商売の手を広げた。島の北部東岸オハなどにも行商し、産油地帯の実情を把握しようと心がけている。また、トゥイミ川右岸に、パルカタという村を拓いて、みずから住みつき、同郷の人びとも呼び寄せた。立派な学校、店舗つきの倉庫なども備えた村である。

このころ、ロシア革命（一九一七年）が起こって、故郷ヤクーチアでも内戦が始まった。一方、日本は、ロシア革命に対して、一九一八年からシベリア出兵を行なった。さらに、二〇年四月には、北サハリン全域の「保障占領」を行なうに至る。むろん、この占領には、オハ周辺での産油の権益を狙う思惑も働いていた。ヴィノクロフは、現地にあって、日本軍に呼応する動きを示す。二一年二月には、自身が率いるパルカタ村で、住民集会を開き、故郷ヤクーチアを革命ロシアから分離させるべし、という考えを述べる。加えて彼は、日本の天皇からの援助と支援のもとに、ヤクーチアを国家として独立させたい、と希望を明らかにしたのだった。

人類学者の鳥居龍蔵は、このころ、ロシア極東アムール川流域からサハリン島に至る踏査行で、ヴィノクロフと会っている。一九二一年七月一〇日、サハリン島中部西岸のアレクサンドロフスク（亜港）でのことである。

鳥居たちは、これから、北サハリン東部を南から北に流れるトゥイミ川流域を踏査する。

その中流に、ヴィノクロフが開いたパルカタの集落がある。かねて鳥居は、その中心人物ヴィノクロフから話を聞いておきたいと思っていた。

此所にはツングースの酋長である所のヤクート人ウイノコルフという人が亜港〔アレクサンドロフスク〕に出て来て居られたので、その人によってツングースやギリヤーク〔ニヴヒ〕に就いて色々のことを聞いて、非常に利益を得た。この人はよほど理智に明らかな人であって、珍しい人である。ロシア語なども非常に上手であり、ロシアの本なども自由に読める。

鳥居龍蔵『人類学及人種学上より見たる北東亜細亜』一九二四年

ヴィノクロフは、このとき、よほど強い印象を鳥居に残したらしく、その後も、繰り返し、彼についての言及がある。

別の場所で、このようにも述べている。

この一団の酋長には、近ごろ有名なウイノコルフという人があります。彼はヤクートすなわちトルコ人で、この人の話を聞いて見ると、彼らツングースの水草を追うてもとの所に帰って来るのは四年目ごとである。そうして見ると、馴鹿《となかい》の食う苔もはやり四年目に元の如く生え代わるのである。このツングースも亦永住性でなく、馴鹿を家畜として彼処此処を漂泊するもので、オロッコとよく似て居る。これはいつごろ樺太に渡って来たかというと、一番古いのが三代目で、百二、三十年より前のものが無く、一番新しいのが一代目のものである。此処に来るには一緒に移住したのかというと、そうでない。つまり方々から移住したのが此処に来合わせて一緒になって居るのである。

「北樺太の民族に就いて」一九二一年一〇月の講演

日本の国策においては、北樺太での石油採掘をめざして、海軍の主導のもとに国内石油五社による企業連合「北辰会」が設立（一九一九年）されている。かたや、ヴィノクロフも日本軍との関係を深めていく。ツンドラの土地は、馬では体重が重すぎて、馬体が苔にめり込み、立ち往生してしまう。そうした日本軍駐屯地にも、ヴィノクロフの配下の者らがトナカイで郵便物などを運んでいた。

一九二五年一月、日ソ基本条約が締結されて、北樺太を占領してきた日本軍は、自国領である北緯五〇度線以南の南樺太に撤退していく。この年の秋、ヴィノクロフは、日本軍に替わってソヴィエト政権のボリシェヴィキたちが北サハリンに乗り込んでくるのを避けるように、日ソ国境の北緯五〇度線近くまで南下。ホイ川流域で狩猟、漁撈による集団生活を組織した。ところが、二六年春に至ると、ソ連官憲はヴィノクロフらを逮捕、彼の身柄を西海岸のアレクサンドロフスクへと送った。

ソ連当局は、ヴィノクロフが日本軍による北サハリン占領中に、日本との連携を深めて「サハリン自治国家」設立をもくろんでいた、という情報をつかんでいた。だから、彼らが日本領内に移住することを認める見返りに、日本領内で諜報活動を行なうことを求めたようである。ヴィノクロフは、これを受け入れる態度を示す。彼は放免されて、妻子と少数の配下の者たち、三〇〇頭のトナカイを引き連れ、国境線を越え、日本領内の敷香（のちのポロナイスク）へと移っていく。

ヴィノクロフは敷香の憲兵本部に出頭すると、今後、日本領樺太で居住する許可を求めた上で、ここでも、およそこのように力説した。

「北サハリンとヤクーチアに残っているヤクート、オロチョン、ギリヤーク、ツングースなどの北方諸民族の人びとにとって、ソヴィエト政権下で暮らすことは不可能だ。これらの民族には独立する理由もなく、滅びつつある。日本の政府の援助によってヤクーチアと北サハリンをソ連邦から切り離すべく、あらゆる手段を講じることが必要だ。」

日本側は、ヴィノクロフを受け入れることに意義を認めて、敷香の市街地から四キロほどの距離にある、オタスという河川に囲まれた土地に、彼らの居住地を提供する。さらに、同地を北方先住民族の集住地に取り決めた。現地の西側にウイルタの集落、東側にニヴヒの集落を置くこととして、その奥に、ヴィノクロフ一家の住まいとする土地が供与された。

ヴィノクロフ家の隣には、個人通訳の梅宮富三郎一家の住まいも建てられた。梅宮は、オタスで暮らすただ一人の日本人である。妻のウリヤナは、エヴェンキだった。梅宮自身は、日本軍が北サハリンを占領していたあいだは、現地で日本軍の通訳として働いていた。その後、南樺太で、旅館経営、営農などに従事していたところを、ヴィノクロフが自身の通訳に雇い入れることにした。ヤクーチアを日本の援助のもとに独立させるというヴィノクロフの考えに、梅宮は強い共感を抱いていた。

やがて、夏期のオタスには、日本内地からの観光客も「秘境」を求めて続々と訪れるようになった。ヴィノクロフは、そうした訪問者たちにも、愛想よく面会した。

この間、彼は、すぐにも上京し、天皇（昭和天皇）にヤクーチア独立と日本の連携を訴えたい、という希望を抱いていた。だが、樺太庁長官・喜多孝治によって、その申し立ては却下されている。

敷香とオタスのあいだは、幌内川（ポロナイ川）を小型蒸気船の渡船が結んでいた。一九三〇年、オタスに、先住民族の子弟に対する日本語による初等教育機関として「土人教育所」が開かれる。川村秀弥（一八八四〜一九五六、秋田県出身）という熱心な教員が、妻ナヲ（「女先生」と呼ばれた）の助力を得ながら、日本敗戦後の一九四七年に学校が廃されるまで、校長役を兼ねつつ教鞭を取ることになる。彼はウイルタ語も習得しており、これもカタカナで板書に併記しながら、子どもたちに教えた。

同じく一九三〇年に至ると、敷香出身の商人、島谷栄二郎の仲立ちで、ついにヴィノクロフの上京は実現する。同年三月、通訳の梅宮富三郎を伴って東京に到着した彼は、右翼結社「玄洋社」を率いる頭山満、樺太庁長官・縣忍、拓務大臣・松田源治、警視総監・丸山鶴吉らと面会の上、「東京日日新聞」の取材を受けた。さらに、海軍提督・東郷平八郎は、すでに八二歳の老齢に達していたが、面識のあるヴィノクロフを歓待し（数年前、東郷はオタスを訪ねたことがあった）、歓迎の宴席まで設けてくれた。しかし、期待した天皇との面会は、このときもかなわなかった。（昭和天皇・裕仁は、皇太子・摂政時代の一九二五年八月、皇太子妃・良子《ながこ》を伴い、「樺太行啓」を行なった。そのさい、豊原の樺太庁前広場で、ウイルタ、ニヴヒ両民族による「天幕生活」の実演展示を受けている。このとき、裕仁が先住民の乳児をみずからあやす写真なども残されており、ヴィノクロフが彼との面会実現に期待を寄せたことには、あながち荒唐無稽とも言えない側面があった。）

東京からオタスへの帰還後まもなく、ヴィノクロフは、北サハリンの同胞たちに向けて、日本領樺太にこぞって入域してくるよう、呼びかけの書簡を発した。同胞の多くは、日ソが利権を分けあって採掘にあたるオハなど北サハリン各地の石油労働者となっていた。しかしながら、この呼びかけの仲立ちを果たしたエヴェンキのアレクサンドル・ナジェインが、やがて逮捕、反革命宣伝のかどで銃殺されるなど、不発のままに終わる。

一九三三年一月、ヴィノクロフは、再度、上京した。このとき訪ねたのは、外務政務次官・永井柳太郎、外務省アジア局長・谷正之、侍従武官・阿南惟幾陸軍大佐、参謀本部ロシア班長・笠原幸雄陸軍大佐……。そして、陸軍大臣・荒木貞夫も訪ねることができた。

このころ、ヴィノクロフは、日本の支配階級の高位にある者たちに、どんな主張を伝えたかったのか?

「憐れなる北方民族よりの意見書」（ヤクーツ民族　ウイノクロフ）と題して、「樺太日日新聞」に計五回にわたって、ヴィノクロフ自身の主張を陳述した長大な文章がある（一九三四年四月二二日、二四〜二六日、二九日、通訳・梅宮富三郎、文案・島谷栄二郎）。

これを見ると、「極東北方シベリヤヤクーツの大領土に住む小民族より、大日本帝国民に対し謹みて我が同胞の運命のために、私をして地理と歴史と現実に即して、余儀なく本意見書を奉呈せざるを得さらしむ」と、口上を述べた上で、「北方アジア大陸は、地理的にも歴史的にも、自然的にも完全にアジアの領土にして又将来アジア民族十億民衆の絶対的経済根拠であり、東洋平和の地盤基礎である」と、基本の布置を展開する。要するに、東洋の先進国と小なりといえども天然資源に恵まれたヤクートの民が一体となって、ソ連の共産主義、欧米の経済的侵略から、われわれのアジアを守ろう、という主張である。だが、ここから先は、ナチス・ドイツの躍進という風潮に合わせて、当節流行の反ユダヤ主義の言辞をまぶしながら、米国ルーズベルトを警戒せよ、という論旨になっていく。

はたして、これは本当に、ヴィノクロフその人の主張なのか？　むしろ、こうした付け足しの部分は、「文案」を担当した島谷栄二郎氏あたりの粉飾ではないか、との疑念が生じる。それらのくだりは「ヤクート」とほとんど関係のない、空疎な演説的言辞にすぎないからである。だが、こうした通俗的な「文案」作成者の存在ぬきには、日本の世間への働きかけもできない立場であることに、ヴィノクロフの弱みが露呈しているようにも感じられる。

一九三四年八月、さらにヴィノクロフは三度目の上京を行なって、参謀本部に「アジア連合」という計画を持参して、ヤクート人と北サハリンに住む先住民族にとって重大な局面が訪れていると、訴えた。さらに、民政党・若槻礼次郎、政友会・鈴木喜三郎、ファッショ政党の国民同盟・安達謙蔵らを訪ねて、いずれも応援を約束される。このように、ヴィノクロフは、軍民の高位者たちから、なにかと愛想よく扱われはするが、具体的な進捗はいっこうに得られない。新しい外務省アジア局長は、「ヤクーチア」という地方の存在さえ知らなかった。先年、外務大臣として国際連盟脱退の立役者を演じた松岡洋右は、会ってはくれたが、自身の意見を示唆する素振りさえ見せなかった。ヴィノクロフの立場は、「憐れなる北方民族」という、みずから演じたマスコット役から、外に出られないままに過ぎていく。

かたや、ヴィノクロフには、地元オタスの住民たちに対して、高圧的に振る舞うところがあったようである。富にまかせて、横柄な態度に出ていたということだろう。だから、周囲のウイルタやニヴヒの住人たちとのあいだに、いさかいも生じる。仲裁に入るのは、きまって「教育所」の川村秀弥先生だった。そうしたなかでも、ヴィノクロフのトナカイは、一九三五年に五〇〇頭、三八年にはおよそ一〇〇〇頭へと、さらに増えていく。

冬のあいだ、トナカイは谷地で放牧した。夏には、もっと海に近いところに移動させ、牧場の柵で囲みこみ、近くで牧夫たちが焚き火をした。この煙が、アブ、蚊、ブヨなどから、トナカイを守るのだった。

トナカイが森で出産を始める春には、ヴィノクロフもヤクート式の衣服、トナカイ皮の長外套、ブーツの出立ちで、現地に出向いた。外套やブーツには、妻のアナスタシアが、ビーズでこまやかな刺繍を施した。ヴィノクロフは、すぐれた熊撃ちでもあり、見事に獲物を仕留めることができた。

だが、予期せぬ事態も生じた。森林の乱伐に起因する食物不足で、トナカイがエサを求めて、北へ北へと移動したまま姿をくらましてしまうのだった。トナカイたちは、国境の北緯五〇度線さえ気にかけることなく、ソ連領へと越えていく。

一九四〇年代に差しかかるころから、日本軍は、冬季のサハリンでも自由な行軍ができるように、「トナカイ部隊」の編成に向かい、中敷香（のちのゴンチャロヴォ）のはずれに位置するチョロナイ牧場に、五ヘクタールの用地と半地下式三角兵舎などを設営した。対ソ作戦にツンドラからの奇襲作戦を想定し、創設当時は「ガス処理班」などと呼んで、表向きに部隊の存在は伏せられていた。本格的な発足は一九四二年で、将校三名、下士官と兵が三〇名、部隊完成時で約二〇〇頭のトナカイが配されていた。トナカイはヴィノクロフから購入し、この牧場でもヴィノクロフの牧夫たちが働いていた。

ヴィノクロフは、いつも「向こうから」の知らせを待っていた。一九二六年一月、国境の「南」への越境を前にソ連当局によって捕らえられ、諜報活動への協力を条件に釈放されたのだということを、彼自身は忘れていなかった。いや、ソ連の当局者たちが忘れてはくれないことを、彼はよく知っていた。日本領内で成功するにつれ、このことへの密かな負い目と恐怖心は、彼のなかで増していった。

とりわけ、エヴェンキのニコライ・ソロヴィヨフが、北サハリンから密かに国境を越えてきたとき、ヴィノクロフの警戒心はいっそう強まった。一九三三年六月のことである。

ニコライ・ソロヴィヨフは、ヴィノクロフの養子アンドレイの実父である。実子が娘二人だけだったヴィノクロフは、後継ぎに男の子を切望していた。だから、一九二二年、パルカタ村の住民でもあったニコライに三男アンドレイが生まれたとき、養子としてヴィノクロフが貰い受ける約束が交わされた。ソロヴィヨフ家は貧しかった。ニコライとしては、息子アンドレイは裕福なヴィノクロフ家で育つほうが幸福だろうと考えた。だが、実の息子を手元で育てられないことを無念に思う気持ちも深かった。

このソロヴィヨフ一家も、大陸側の出身である。一九一〇年に彼らはサハリンに渡ってきて、二二年からパルカタ村に住んでいた。ニコライにはいとこがおり、その人物はサハリンにおける反日パルチザン運動の組織者の一人だった。ニコライは、かねて、このいとこに信服していた。当然、日本軍との関係を深めるヴィノクロフに対しては、思うところもあったはずである。

一九二五年秋、ヴィノクロフが日本領内への移住を準備するため、国境近くのホイ川流域まで南下した時期、彼は、セミョンとニコライのソロヴィヨフ兄弟らを招いて、密かな頼みごとをした。国境を越えて敷香の町に行き、地元の憲兵隊本部を訪ねて、自分（ヴィノクロフ）たちの移住を受け入れる意向があるか、交渉の使者をつとめてきてほしい、ということだった。数時間後、彼らは案内役をつけられて出発する。そして、敷香の憲兵隊長から、ヴィノクロフを歓迎して受け入れる、との言質を得た上で、戻ってきた。（敷香の憲兵隊との交渉のさい、最年少者のニコライは、トナカイ番として後に残っていた。）

こうした入り組んだ経緯が重なり、ヴィノクロフとニコライ・ソロヴィヨフのあいだには複雑な愛憎が生じていた。だが、そうであっても、ヴィノクロフにとって、ニコライは、たいせつなひとり息子アンドレイの実父である。

そのニコライ・ソロヴィヨフが一九三三年六月、国境を南に越えて、密かにオタスまでやってきた。ヴィノクロフは、あとで厄介が生じないよう、ただちにソロヴィヨフを伴って、敷香警察署に出頭した。署長は、部下にソロヴィヨフを尋問するように命じた。そのさい、ヴィノクロフは、担当の刑事に、ソロヴィヨフはロシア語が不自由で、母語のツングース語しか満足に話せない、と申し出た。これなら、通訳は自分（ヴィノクロフ）がつとめるほかない。ソロヴィヨフが余計なことを言い出しても、手心を加えて通訳できる。

このとき、尋問に答えてソロヴィヨフが話したのは、およそ次のようなことだった。

――自分は、仲間の猟師たちから依頼を受けて、ソ連側からやってきた。ヴィノクロフは、われわれが日本領樺太に逃げ込んでくることを、いまでも勧めるか。また、そのさいには、日本人はわれわれの移住に対して、どのような態度を示すのか。それを確かめたいと思って、やってきた。――

三年前、一九三〇年に、ヴィノクロフは北サハリン在住の同胞たちに向けて、日本領樺太に入域してくるよう呼びかける書簡を届けていた。だから、ソロヴィヨフの言い分は、それなりに筋が通っている。

だが、ヴィノクロフは、このとき、ソロヴィヨフはソ連当局からスパイとして送り込まれてきたのだろう、と疑っていた。だから、できるだけ早く尋問を終わらせようと努力した。結局、敷香警察署長は、ソロヴィヨフを北サハリンに送り返す決裁を下して、終止符を打つ。

これに続いて、エヴェンキのエレメイ・チーホノフも、日本領樺太に入ってきた。チーホノフも、一九二五年秋、ヴィノクロフの日本領への移住前に、ホイ川流域からソロヴィヨフ兄弟とともに敷香へと潜入して、憲兵隊本部の意向を探ってきた顔ぶれの一人である。

国境警備隊の報告書、その大意――。

「一九三四年一一月二〇日、国境から五〇〇メートルの所にある屯所で、国境警備の巡察隊によってエレメイ・アファナシェヴィチ・チーホノフが逮捕された。一九〇四年生まれ、ヤクーツク州のウチュル集落の出身、ツングース人、無国籍、ポロド集落（南樺太）の住人、猟師、独身、文盲、ヤクート語・オロチョン語・ギリヤーク語・日本語が話せる。本人が日本から国境を越えてソ連邦へ行っていたと述べていることについては裁判では争わない」

エレメイ・チーホノフは、狩猟とトナカイ放牧を営む家庭に生まれ、一九一〇年、ソロヴィヨフ一家と同時期、チーホノフ一家もタタール海峡の氷上を渡ってサハリンにやってきた。ランゲリ川上流から、その後、パルカタ村へ移る。トナカイを飼い、狩猟をして、毛皮はヴィノクロフに売っていた。

一九二六年、チーホノフは、ヴィノクロフとともに日本領樺太に移り、彼の下で牧夫となった。ヴィノクロフは彼を殴打したり、銃を向けて発砲したり、手ひどい扱いを続けたので、一年後にはそこを去って、単独で狩猟をして暮らすようになった。

このころから樺太では猛烈な森林伐採が続いて、森の動物たちは北へ北へと移動を始めた。チーホノフも、ほかの猟人たちとともに、ときには国境を北に越えて、秋にはクロテン、リス、トナカイ、春にはクマを撃った。毛皮はやはり、ヴィノクロフらに売っていた。

だが、このような境遇から抜けたいと願って、彼はついに北サハリンに逃亡した。そこでは、一年間の刑務所暮らしが待っていた。釈放されると、コルホーズ「赤いツングース」で働くことになった。

要するに、彼ら、北方先住民族の牧人たちは、国境の北にも南にも移動しながら暮らしていた。ときに刑務所に入れられたり、密偵を持ちかけられたりするのだが、何かを強いられるたび、従ったり、逃げ出したりするだけで、どちらかの陣営にことさら強い忠誠心や所属意識を抱くこともなかった。むしろ、ことさら「ヤクーチア独立」にこだわったヴィノクロフのほうが、この点では異色である。だが、こうした強烈な民族的矜持を長期にわたって維持しながらも、当のヴィノクロフは、周囲の同胞たちに対して、さほどの信頼を築けていない。

一九三六年九月、エレメイ・チーホノフは、ふたたびソ連当局に逮捕される。内務人民委員部による特殊グループ結成の準備が始まっていた。この組織は、ヴィノクロフをソヴィエト国境警備隊のところまでおびき出してくる任務を与えられようとしていた。一九三七年、ソロヴィヨフは、この任務を帯びて、ふたたび日本領樺太に入ってきた。だが、ただちに日本の警察に拘束されて、一年間、刑務所に入れられる。それでも、釈放後、彼の身柄はなぜかヴィノクロフのもとに送られて、そこで牧夫として働く仕儀となる。エレメイ・チーホノフも、すでに現地で同様の身分となっていた。つまり、ソ連当局が準備してきた潜入計画は、時間を要しながらも、ここまで、なんとか順調に進んでいたということだろう。

一九三八年まで、ヴィノクロフはトナカイを放牧する上では、ソ連国境の南三〇～四〇キロ、幌内川の東方一〇～一二キロあたりの集落を拠点にしていた。トナカイのもとには、常時、ヤクートの牧夫長イヴァン・ペトロフがパラトカ（テント）を使って幕営していた。また、ここには、イヴァンの息子テレンチー、ならびに、エレメイ・チーホノフとニコライ・ソロヴィヨフも暮らしていた。

この年九月、ソロヴィヨフは、森でヴィノクロフのトナカイを殺し、所有者印の付いた耳を主人のところに持って帰った。

「旦那、クマがトナカイを殺しました。対処しなければいけません。クマの巣穴はわかっています」

ヴィノクロフは、躊躇なく馬に鞍を付けさせた。ソロヴィヨフが、先に立って、彼を導く。

深い霧のなかで、「手を挙げろ！」と声が響く。ヴィノクロフは動じず、うまく銃を取り出し、すかさず発砲した。だが、待ち伏せ隊の射撃のほうが、さらに早かった。ヴィノクロフは肩を撃ち抜かれていた。茂みから飛び出してきた数人の男たちの姿を認めて、彼は驚いた。みな、北サハリンの知人たちだった。男たちは、ヴィノクロフを縛り上げ、彼が携行していた白パンとレピョーシカ（薄焼きパン）を取り上げて、その口に黒い乾パンを押し込んだ。

「これからは、おれたち貧乏人が白パンを食うんだ」

ヴィノクロフは、ソ連側の国境警備隊駐屯所へと引き立てられていく。そこでは、内務人民委員部サハリン局旅団長V・ドレコフが待ち受けていた。傷の手当てと、食事が施され、その後の話し合いを通して、ヴィノクロフは、

――今後はソヴィエトの諜報機関のために働き、日本軍についてもろもろの情報を提供する。――

という誓約書を書かされた。

このときも、ヴィノクロフは、なんとか日本領に生きて帰ることだけを優先して、神妙にしていた。一九二六年のときと、すべてが同じように運んでいた。

数日後、北サハリンのソ連部局に政変が生じて、ドレコフ旅団長は失脚する。さらに二年後、彼は「人民の敵」として、銃殺に処されるに至る。

一方、誓約書に署名したヴィノクロフは、ソロヴィヨフとチーホノフに伴われて、日本

領樺太のトナカイ放牧の拠点へと帰ってきた。このあと、彼は、チーホノフにはすぐにトナカイのもとに出向かせた。だが、ソロヴィヨフには、ひと晩残っていくように、と告げている。ソロヴィヨフは、どうにか無事に任務を遂行したことに安心し、テントでぐっすり眠りにつく。

翌朝、ヴィノクロフは、自分のテントでソロヴィヨフをお茶に招いた。テーブルには、すでに妻アナスタシアと娘ヴァルヴァーラが着いており、牧夫長の息子テレンチーもやってきた。お茶を飲み、皆でなごやかに過ごしているところで、テレンチーがソロヴィヨフの背後に回り込み、やおら、彼を床に組み伏せた。ヴィノクロフが、ソロヴィヨフを縛り上げた。

ヴィノクロフは、テレンチーたちに命じて、ソロヴィヨフの身柄を気屯の警察駐在所に送りとどけさせた。テレンチーらは、それに従い、ソロヴィヨフを警察官に引き渡すとともに、

――ソロヴィヨフはソ連の回し者で、ヴィノクロフとともにソ連領に行っていたが、ソ連の指令を受けて日本側に戻ってきたのだ。――

と、説明した。だが、ここでヴィノクロフは誤りをおかした。自身がソ連の国境警備隊に連行された事実は日本人に隠しておきたいと思っていることを、テレンチーに前もって

伝えておくことを怠ったのだ。というより、使用人に対して、そういったことを頼むことを、主人としての面目が許さなかったのである。

同年一〇月初め、日ソ国境まで三〇キロたらずの気屯警察駐在所から、敷香警察署長に報告が入った。駐在所から一〇キロの付近に何者か三人が現われ、銃を発射してヴィノクロフの牧夫を負傷させ、行方をくらませたというのである。捜査がなされたが、結局、この三人の男については消息をつかめないままだった。だが、同月下旬になって、ヴィノクロフとソロヴィヨフは、「ソ連邦のためのスパイ行為」の容疑で逮捕された。

ヴィノクロフは、警察の調べに対して、ソ連領に連れ去られたときの経緯とそれに関わった者たちの名前などを隠さずに供述した。そこから、彼のかつての使用人たち八人が逮捕された。むろん、エレメイ・チーホノフも含まれている。

ヴィノクロフ自身は、いろいろと努力して釈明をしたが、もはや日本人たちからの信頼は回復しなかった。自宅の家宅捜索がなされたとき、ロシア語の文書が見つかったことも、彼の立場を困難にした。そこには、ロシア全軍連合議長E・K・ミレルの名前で発された指令書があった。それは、極東でソ連政権が崩壊したのち、予定される新政府においてヴィノクロフを高位の地位に任命することを約束したものだった。

「ロシア全軍連合」というのは、ロシア帝国陸軍の系譜を引き継ぎ、いわば反革命に立つ白軍側の連合体というべき組織である。つまり、政治的な立場としては、日本国家とは軌を一にする。だが、ヴィノクロフは、いわば日本国家への居候の身であった。だから、家主にことわりなく海外の政治活動と関係を持ち、表裏のある行動をとってきた人物、として、彼に対する警戒感はさらに強まる。

ヴィノクロフは、豊原（のちのユジノサハリンスク）の樺太刑務所に収容された。その後、ほかの八人の逮捕者には、一九四〇年八月、スパイ活動のとがにより、さまざまな期間の禁錮刑の判決がくだされた（「思想月報」第七五号）。もっとも長い刑期は、禁錮六年のエレメイ・チーホノフだった。

だが、ヴィノクロフについては、裁判は開かれていない。しかも、一九四〇年の早い時期のうちに、彼は釈放されている。ほか八人の法廷での審理においても、彼の名には言及されることがなかった。政界や軍の高位者たちとの接点がヴィノクロフには数多くあったため、差し障りをおそれて、政治的な配慮が働いたということか。

しかし、それだけでもなかったのではないか。このころからあと、上敷香の日本軍守備隊などは、ヴィノクロフからトナカイを購入しながら、中敷香での「トナカイ部隊」の創設に向かう。そして、ここでも、軍の雇員としてトナカイの世話にあたったのは、先にも触れたテレンチー・ペトロフをはじめ、ヴィノクロフ配下のもっとも優秀な牧人たちだった。

思想信条の上での全面的な信頼というものは別にして、それとはいくらか異質な結びつきの上に立って、現地の日本軍の国境守備の必要においては、もはやヴィノクロフ一統の存在は、必要不可欠なものとなっていた。ここでの日本軍とヴィノクロフの結びつきを支えていたのは、愛国心やイデオロギーとは違った、むしろ、ある種の割り切った商道徳に近いものだったようにも感じられる。

釈放後のヴィノクロフは、もはや、政治的、社会的な発言などからは遠ざかり、実業だけに専心した。すでに五〇代なかばで、彼は老いていた。いや、この過酷な時代の異国での入獄の経験は、強靱な遊牧民族の血を引く彼の内面さえ、何がしか変化させるものであったとしても、不思議はないだろう。しかし、それ以上に、私たちにとって重要なのは、この異族の男が本心において考えていたことは、最後の最後まで、よくわからないということではないだろうか。

一九四一年一二月、「大東亜戦争」開戦の知らせに、すでになかば病身の彼は声を荒らげて悲嘆したと伝えられている。その戦争が掲げる「西欧による植民地支配からのアジア諸国の解放」という大義は、本来、彼が願った「ヤクーチアの独立」に合致していたはずである。けれど、彼の目に、この戦争は明らかに日本の必敗への道であり、それは「ヤクーチアの独立」という悲願を明白に遠ざけてしまうものとして映っていた。ここにおいても、ヴィノクロフは「日本国民」ではなかった。国籍もなく、国境からこぼれ出る存在として、ソ連とのあいだを行き来し、しかも、どの国家とも同化することなく、「ヤクーチア独立」を唱えつづけた。彼は「日本」の外に視野を置き、一人の商才にも富んだ遊牧民の瞳で、この世界を見ていた。

一九四二年四月、ヴィノクロフは、オタスの自宅で没する。満五八歳を迎える年だった。大声を上げ、苦しみながらの死去だったという。

一方、ニコライ・ソロヴィヨフは、一九四四年、札幌の刑務所で刑期を終え、樺太に帰ってきた。だが、戦争下のため、それからの彼は、スパイ活動防止のためとして、ロシア系住民らの集住地に指定されている大泊近郊の喜美内で過ごさなければならなかった。この集落では、のちの横綱・大鵬の父マルキャン・ボリシコも、敷香から身柄を送られて暮らしていた。同じ敷香の町の周辺で、二人は、牛や馬の牧場主とトナカイ放牧の牧夫という同業種の者として、すでに面識があっただろう。

一九四五年夏、日ソ間の戦闘が終結し、ソ連軍の南サハリン進駐が完了すると、ソロヴィヨフはオタスに戻っている。だが、ここで彼は、自分の息子二人――ゲオルギーとアンドレイ――についての悲劇的な消息に接さなければならなかった。上の息子ゲオルギーは、モスクワ郊外での独ソ戦の戦闘で重傷を負い、それがもとで死亡していた。一方、ヴィノクロフの養子となった三男アンドレイは行方不明だった。一九四〇年に彼は北サハリンに脱出した、という噂があった。だが、養母のアナスタシア・ヴィノクロヴァによると、一九四四年に、北海道から出されたアンドレイからの手紙を彼女は受け取ったという。その文面では、彼は懲役一三年の刑期を科されて刑務所に入れられており、重病にかかっている、とのことだった。

それ以上の真相は何もわからないまま、時は過ぎていく。

ヴィノクロフの養子アンドレイ・ニコライヴィッチ・ソロヴィヨフ（満二〇歳）を被告とする軍機保護法並び国境取締法事件については、樺太地方裁判所での判決文（懲役一三年、確定判決、一九四二年五月二一日）が残っている（「思想月報」第九四号）。

ここに記されている判決理由によると、事件の経緯は、およそこのような次第とされている。

被告アンドレイは、オタスの「土人教育所」で数年間学んだのち、敷香第二尋常小学校を卒業、さらに一九三八年春から敷香第一尋常高等小学校高等科に進んだが、同年秋、養父ヴィノクロフが、実父ニコライ・ソロヴィヨフの計略によってソ連人から狙撃され、ソ連領内の兵舎に連れ去られた上で帰還してくる、という事態が起こった。さらに、こうした経緯が原因となって、ヴィノクロフが敷香警察署に引致されるに及ぶと、継母や義姉たちのアンドレイに対する態度は急変して、冷たいものとなった。このことがもとになって、アンドレイは翌三九年春で小学校高等科を中途退学。同年一二月から、ほかの雇い主のもとでトナカイの牧夫として働いたが、性情が怠惰で翌四〇年八月に解雇され、ふたたび養家でトナカイ放牧の手伝いをするようになった。この年の暮れから、北方に移動してしまったトナカイたちを連れ戻すため、樺太庁から国境制限区域に出入りする許可を得て、三カ月余りの期限付きで、同僚のテレンチーらとともに、養父ヴィノクロフが放牧したトナカイを探し集める露営に入っていた。

そうするなかで、かねて知人のエレメイ・チーホノフから、ソ連領内に出向いて当局の命令に服従すれば厚遇を受けて安楽な生活ができると聞かされていたことを思い出した。養家も居づらく、日ごろ素行不良で自分の評判も芳しくないことがわかっていたので、これ以上オタスには暮らしていたくなかった。だから、このさい、いっそ国境を越えて、北樺太に入域しようと決心した。一九四一年一月二九日午前一一時、アンドレイは単身で国境制限区域内の露営地を出発、北東に向かって歩き、同日午後四時に国境を越えてソ連領に入った。ただちにソ連兵によって逮捕され、アレクサンドロフスクに連行された上で、

投獄された。ここで、認定される犯罪事実としては――、
第一。アレクサンドロフスクの監獄において氏名不詳のソ連軍将校たちから取り調べを受けたさい、軍事上の秘密事項であることを知りながら、国境付近における日本軍の駐屯の有無や施設の状況についての情報を「漏泄」した。

第二。氏名不詳のソ連将校大佐からの指令によって、日本軍の駐屯の状況や軍事施設の位置などをさらに探知して結果を報告する目的で、一九四一年八月一五日、幌内川左岸の地点より、ふたたび日本領に潜入して南下したものの、同月二〇日、他人に発見されたため探知の目的を遂げず……云々、などというものだった。

つまり、アンドレイの実父ニコライ・ソロヴィヨフが、戦後オタスに戻って耳にした実子アンドレイをめぐる噂は、この判決文によって、おおよそ裏づけを得たものとなる。

残された謎のひとつは、この樺太地裁での判決が確定したあと、アンドレイがどこの刑務所で服役させられていたのか、という問題である。

豊原の樺太刑務所には、養父ヴィノクロフが未決のまま収監（一九三八～四〇年）されていたのをはじめ、関係者が出入りしていた。にもかかわらず、アンドレイが在監したという話は伝わっておらず、さらには養母のアナスタシアも、一九四四年に北海道の刑務所から出されたアンドレイの手紙を受け取ったと述べている。これらから考えると、彼が樺

太刑務所で服役していた可能性は少ないのではないか。

万一、樺太刑務所で服役していた場合は、四五年八月、樺太刑務所はソ連軍の進攻を控えて受刑者の北海道への緊急移送を行なっており、そのさい「思想犯として拘禁している白系露人十名の処置、スパイ関係者、四名の死刑囚、重罪犯、朝鮮人受刑者及び六名の女囚」が最優先とされている（重松一義編著『北海道行刑史』）。アンドレイの場合も、もし彼が存命であるなら、この移送対象者に含まれていたはずである。

いずれにしても、現実には、やはり養母アナスタシアが受け取ったという当人からの手紙通りに、アンドレイは当初から北海道内の刑務所で服役し、そのまま重病を得るに至っていた可能性が高いように思われる。その場合、下獄先としては、長期囚を多数収容していた網走刑務所が、まずは第一の候補だろう。この時期、網走刑務所の政治囚には、外事関係の受刑者として、二つの例が思い浮かぶ。

一人は、いわゆる「レーン事件」に連座して、一九四一年一二月八日、日米開戦の当日に、無実の罪で捕えられた北海道帝国大学生、宮澤弘幸である。

宮澤弘幸は、一九三九年の夏休み、日本領樺太まで旅行したことがあった。どちらかと言えば愛国主義的な心情を抱く生真面目な青年で、樺太に旅行したのも、大泊で日本海軍が建設中の石油タンクの建設工事に勤労奉仕を志願してのことだった。七月二〇日から八月一〇日まで大泊で勤労奉仕したあと、彼は一人で樺太東線の列車に乗り、敷香を経てオタスに向かう。オタスのカウラ（ウイルタの木造小屋）を背に、教育所の川村秀弥先生、ウイルタの女性、一頭のトナカイとともに撮影された学生服の宮澤の写真が残っている。彼は、かねてイタリア人のアイヌ研究者フォスコ・マライーニらと親交があり、北方先住民への関心と親しみを抱いていた。

ところが、のちに一九四一年一二月八日、日米開戦の当日、宮澤は交遊があった北大予科の米国人の英語教師ハロルド・レーン、ポーリン・レーン夫妻とともに逮捕される。そして、翌四二年一二月、宮澤には札幌地裁で軍機保護法違反により懲役一五年の判決が下された（ハロルド・レーンにも同一五年、ポーリン・レーンには同一二年）。宮澤の場合、樺太・大泊の海軍施設に油槽設備が存在すること、上敷香に海軍飛行場が存在することを米国人のレーン夫妻に「漏泄」したことが、主な罪状とされていた。だが、これらはすでにいずれも周知の事実で、罪に問われるいわれのないことだった。三人は、大審院に上告するが、棄却されて刑が確定。宮澤は、網走刑務所に下獄した。

のち、一九四五年六月、体調を著しく害した状態で、宮澤は宮城刑務所に移監される。日本の敗戦に伴い、同年一〇月、ＧＨＱの指令によって釈放されたが、すでに結核の症状が進行しており、四七年二月、二七歳の若さで彼は没する。

もう一人の政治囚は、ゾルゲ事件に連座して逮捕されたクロアチア国籍のユーゴスラヴィア人、ブランコ・ブケリッチである。新聞・通信社の記者として、反戦の信条からゾルゲの諜報活動に協力し、逮捕。治安維持法並び軍機保護法違反などに問われ、一九四四年一月、無期懲役の判決が確定。同年七月、網走刑務所に移送された。長い獄中生活で体力の低下が著しい上に、網走ではさらに慢性の消化不良などを悪化させて、一九四五年一月、彼は獄死する。網走刑務所から連絡を受けたブケリッチの妻・山崎淑子が、はるばる東京から駆けつけ、遺体と対面の上、現地で火葬した。

当時、ゾルゲ事件は政治的な大事件として世間の耳目を集めており、さらには、ブケリッチの妻・淑子自身も東京生まれで津田英学塾を卒業、社会的な行動力も身につけている人だった。

一方、日本領樺太の辺境オタスに暮らし、日本国籍も確かな居所も持たないアンドレイ・ソロヴィヨフという北方先住民族の無名の若者が、獄死などを遂げた場合に、遺族を探しあてる努力がどこまで刑務所当局によって払われたか。いまとなっては、それを検証するのは、もはや難しい。

ただし、当の網走刑務所についての資料には、

「この年〔昭和一七＝一九四二年〕より昭和二四年にかけ、戦時下・戦後の医療食糧事情、

寒冷地などの事情から、年間一七〜二〇名台と、年間の物故囚急増」と記しているものがある（重松一義『博物館　網走監獄』、網走監獄保存財団）。

一九四三年、年間の物故受刑者二一名。
一九四四年、年間の物故受刑者一六名。
一九四五年、年間の物故受刑者二八名。
一九四六年、年間の物故受刑者一三名。
一九四七年、年間の物故受刑者二一名。
一九四八年、年間の物故受刑者一九名。

これらの数字のどこかに、アンドレイ・ソロヴィヨフの死没が含まれていることはないだろうか？　網走刑務所は裏山に「北山墓地」と呼ばれる監獄墓地を持っていた。ここの合葬者の氏名を確認してみるすべは、あるのかどうか。

アンドレイ・ソロヴィヨフは、「上野まさひろ」という日本名を持っていたと伝えられる。この名は、養父ヴィノクロフが「上野九郎夫」（〝ウイノクロフ〟という表記のもじり）という異名を用いることがあったことに由来している。ちなみに、その娘のヴァルヴアーラは「上野芳子」だった。つまり、いわば言葉遊びのシャレに起源を持つ、一族の日本姓なのである。ここには、帝国臣民たる「創氏改名」を迫られた朝鮮人とはまた違った、日本という国家との距離感を認めずにはいられない。

かたや、同じヴィノクロフの牧夫でも、アンドレイとは異なる運命をたどった者たちがいる。一九四五年八月終盤、ソ連軍が南サハリンの占領を完了させると、今度はソ連当局による対日協力者の捜査と逮捕が始まった。ヴィノクロフの関係者たちに対しては、特に追及が厳しく、優秀な牧夫として知られていたテレンチー・ペトロフには重労働一〇年の判決が下って、彼はシベリアの収容所に送られ、この期間を過ごした。

やがてサハリンに戻ると、妻は日本人と再婚して、日本に去ってしまっていた。テレンチーは、このまま当地にとどまり、毛皮獣の繁殖事業所で働いた。ヤクートの彼は、日本語もロシア語も朝鮮語も話すことができた。もちろん、自分たちの民族の言葉も。

それからも、テレンチーはテントでの暮らしを続けた。銃も、舟も、彼は自在に扱うことができた。道具類の手入れは行きとどき、テントのなかはつねに清潔だった。魚を獲り、干し草を作る。しかし、生涯を閉じるときまで、彼の話がヴィノクロフのことに及ぶことは一度もなかったという。まるで、そういう人物は、最初から存在しなかったかのように。

8　オタスからの世界

第二次世界大戦での日本の敗戦に伴い、樺太のオタスから、日本の内地に移ることを選んだ人たちもいる。

ウイルタのダーヒンニェニ・ゲンダーヌ（日本名・北川源太郎）は、一九二六年ごろ、樺太・敷香のはずれを流れる幌内川（ポロナイ川）の対岸、佐知で生まれた。幼時に、一家は、もう少し上流部に位置するオタスへと丸木舟で移った。

生年が「一九二六年ごろ」なのは、彼には「戸籍」がなかったからである。加えて、ウイルタの同族間では、「生年」を使って、互いの年齢を意識する習慣もなかった。

それでも、彼は、戦後、ソ連シベリアなどでの一〇年近い抑留生活を経て、日本本土に「帰国」することを選ぶ（彼にとって、これが初めて見る日本内地だった）。帰国船が舞鶴に向かう船中で、同船者たちから、引揚者一時金などは年長者の方が多額で、「昭和生まれは損をする」と聞かされ、乗船者名簿に「大正十三年〔一九二四年〕生まれ」と書き込んだ。のちに、日本で就籍届を出し、自分の「戸籍」を初めて作ったときにも、この「大正十三年生まれ」を踏襲した。ただし、もともと自分は大正末か昭和の初めの生まれなのだと、周囲からも聞いていた。だから、一九二六年（大正一五／昭和元）ごろの生まれとするほうが事実に近いのではないかと、それからも考えていた――。

オタスの「教育所」を卒業したのは、一九四〇年。このとき、おそらくゲンダーヌは一四歳である。川村校長先生の推薦で、樺太庁敷香支庁の給仕見習の職を得た。やがて、オタスと敷香を結ぶ渡船、オタス丸の船長としての仕事を任された。

だが、四二年夏、敷香の陸軍特務機関から、オタスの青年道場前に出頭せよ、との令状が届く。当日、地元の三〇人ほどの男子が集められ、その場で「徴兵検査」が行なわれて、一七名が「合格」。翌日には、警察官のような制服が支給された。

この日から、オタス青年道場に泊まり込んでの特別訓練が始まる。

「徴兵」後の彼らに求められたのは、国境地帯での諜報活動だった。北緯五〇度の国境付近は、幅二〇キロから三〇キロ余りの中央低地のツンドラ地帯が南北に続く。ここを自由に跋渉できるのは、ウイルタ、ニヴヒら、先住民だけだった。モールス符号など秘密戦に必要な基礎訓練を除けば、射撃、言語、ツンドラ地帯の歩行、隠密行動、厳寒の野営などについて、彼らは当初から並外れた能力を備えていた。

青年道場の掃除、洗濯、食事の用意などには、オタスの少女たちが女子挺身隊として動員されて、そのなかにゲンダーヌの妹アイ子の姿もあった（一九二八年生まれ。ゲンダーヌは、アイ子の両親の養子に入っており、本来の血縁の上では、二人はいとこ同士）。

三カ月の基礎訓練を終えると、さらに二次訓練として、冬季訓練に入った。敷香の南西、タライカ湾ぞいの内路《ないろ》（のちのガスチェロ）寄りの海辺で、漁師の番屋近くに幕営してのものだった。

四三年六月、改めて特務機関長名で召集の命令が発された。源太郎たち九名は、国境に近い西海岸の沃内《よくない》（のちのベルキノ）に、また、兄の平吉たち八名は東海岸に配置された。

源太郎たちが配置された西海岸はソ連側の動向を監視することが主任務で、国境を越えての潜入はまれだった。互いにひそかに越境しての血なまぐさい闘いがしばしば繰り返されているのは、中央低地のツンドラ地帯を流れる幌内川から東海岸にかけての国境地帯だった。国境を貫流する幌内川流域は、かつてなら先住民たちが両地の同族間をほとんど自由に行き来していた地域である。だが、いまは違う。憲兵隊に駆り出されて国境地帯の道案内に立っていた同族の若者が、銃撃を受けて死亡したことを源太郎が知るのも、このころだった。頭部貫通銃創で即死だったと聞くが、報告では「病死」とされていた。日ソ間は、まだ公式の開戦に至っていない。だから、こうした「小ぜりあい」での先住民の犠牲はいずれも「病死」と扱われた。

四カ月の任務を終えると、一一月に一時解散。冬季は雪面に足跡が残るので、潜入はなされないという。だから、次に召集の命令が下るのは、四四年五月だった。……その後は、四五年夏のソ連参戦に至るまで、召集されたままの状態が続いた。敗戦で武装解除を受けると、ソ連兵によって豊原（ユジノサハリンスク）の樺太刑務所へと送られた。軍事法廷にかけられ、「スパイ幇助」の罪名で「重労働八年」の判決が下る。

シベリアの抑留地に送られ、舞鶴への帰国船に乗るのは、一〇年後の一九五五年である。このあいだにも、さらに多くの仲間たちが命を落としていた。

ソ連領となった郷里サハリンに戻ることもできた。そこには、妹のアイ子たちもなお暮らしている。迷ったが、このさい、未知の土地である日本に引き揚げてしまったほうが、賢明なように思われた。北海道の網走に居所を定めてから、自分の「戸籍」を初めて作る手続きに入った。

自分たち北方先住民族は、戦争の兵力として日本軍の特務機関に「召集」されて、戦争が終わると、そこでの活動について「スパイ幇助」のとがで有罪判決が下され、これをもってシベリアの抑留地へと送られた。ならば、日本政府は、この自分たちにも「軍人恩給」などを支払うのが、当然のことではないか。だが、それさえ支払われないまま、歳月が過ぎていく。

日本政府の説明としては、兵役法では、現地の特務機関の長に要員を召集できる権限はなかった、ということが、軍人恩給を支給しない理由とされた。さらに言えば、「戸籍の適用」を受けていない者には兵役法は適用されなかった、ということでもあるという。つまり、戸籍のない者は、日本軍には入れられないことになっていた、というのである。それにもかかわらず、現実には、戸籍がない北方先住民族の若者たちを日本軍は使役し、多くの生命を失わせ、また、生き残った者には長年にわたるシベリア抑留の労苦を強いるにまかせた。つまり、ここには、日本軍の出先機関による明らかな違法行為があった。だが、それを問うことなく、あべこべに「軍人恩給」さえ支払わない理由とすることで、日本の戦後は過ぎてきた。

二〇〇〇年秋、サハリンへの旅から、私は日本に戻った。その年の暮れ、北海道・網走の町はずれにある「ジャッカ・ドフニ」という小さな施設を訪ねた。

ゲンダーヌが長年の努力を重ねて建設を実現させた、ウイルタの生活資料館である。施設は、ゲンダーヌたちの住まいに隣接するものだったが、すでに彼自身は一九八四年夏に亡くなっていた。ヴィノクロフの享年と同じ五八歳になる年だった。

妹の北川アイ子さんが、同じ場所で暮らしながら、施設を引き継いでいた。だが、このときは、体調を崩して入院しておられた。

冬季のあいだ、「ジャッカ・ドフニ」は休館となる。それでも、施設管理の担当者が、自分で雪掻きして入り口までたどりつくつもりなら、なかに入ってよい、と言って、鍵を託してくださった。私は、そうした。近くの網走川の川べりに、アザラシが来ていたのを覚えている。

二〇〇一年に入ると、ニコライ・ヴィシネフスキー「大鵬の父親サハリンに死す」（小山内道子訳）という一文が、「文藝春秋」同年五月号に出た。大鵬の父、ウクライナ人のマルキャン・ボリシコの生涯を追う小伝である。筆者のヴィシネフスキーは、私がサハリンのポロナイスク郷土博物館で貰い受けたヴィノクロフの伝記『オタス』の筆者と同一人物である。

この小伝では、一九四五年夏、ソ連の対日参戦を受けてのどさくさに、のちの大鵬（納谷幸喜）母子と生き別れになった父マルキャンが、その後にたどった人生についても述べられている。

それによると、マルキャン・ボリシコは、一九四八年、日本軍への協力者の疑いで、ソ連当局によってサハリン現地で逮捕。翌四九年、「樺太時代の反ソ宣伝活動」のかどで「自由剝奪一〇年」の刑を言い渡される。五四年、彼は獄中から「恩赦願い」を提出し、認められて出獄した。このあと、彼は七二歳のときに、ユジノサハリンスクの州立博物館の守衛として採用され、寮に独居した。一九六〇年、七五歳で死没する直前まで、その職にあったという。

筆者ヴィシネフスキーが、初めてマルキャン・ボリシコのことを教えられたのは、ポロナイスク在住の梅宮巌という老人からだったという。梅宮巌は、ヴィノクロフの通訳をつとめていた梅宮富三郎の子息である。

マルキャン・ボリシコは、敷香周辺で手広く牧場を経営して成功し、上敷香の日本軍守備隊にも牛乳や牛肉を納め、軍用馬を寄贈したりもした。つまり、同世代のヴィノクロフとマルキャン・ボリシコは、トナカイと牛馬の違いこそあれ、ともに敷香周辺に本拠を置く、ライバルとでも言うべき同業者だった。だからこそ、少年時代の梅宮巌氏は、ヴィノクロフの通訳の子息として、マルキャン・ボリシコの姿も見知っていたのだろう。

二〇〇〇年の秋、ポロナイスクで金山秀子さんたちと別れて、州都ユジノサハリンスクに向かう車中で、こんなことがあったのを私は思いだす。通路をはさんで、私の隣のボックス席に、四〇前くらいの精悍な顔つきの男が、一人で座っていた。顔に傷痕があり、鍛えられた肉体の持ち主でもあることが、兵士のような衣服ごしにうかがえた。

日本人の旅行者が珍しいのか、私の席には、途中駅から乗ってきた少年、少女らが、入れ替わり立ち替わり寄ってきた。私が文庫本を開いていると、「この本のカバーの肖像画は、だれ？」などと尋ねてくる（ドストエフスキーの小説だった）。

隣の座席の男は、そうした子どもたちに向かって、少し厳しい顔をして、

「その人は、本を読んでいるのだから、そっとしておいてあげなさい。あの肖像画は、ドストエフスキーだよ」

などと言って（そのように私は受け取ったのだが）、諫めてくれた。とにかく、「ドストエフスキー」という語は聞き取れた。

そして、子どもたちが立ち去ってしまうと、彼は私に向かって、

「――ポロナイスクのウメミヤを知っているか？」

と、尋ねたのだった。

なぜ、彼が、そんなことを尋ねるのか、わからないまま、私は、ただ、

「ニエット（いいえ）」

と、首を振っただけだったはずである。

それでも、なぜか気になり、旅行中につけていたノートに、私はこのことを書き留めている。

このとき私は「ウメミヤ」という人名が誰を指すのかもわからなかった。だが、あとになって考えれば、それは当時まだポロナイスク市内で健在の梅宮巌氏だったはずである。なぜ、あの男は、ひと目で日本からの旅行者とわかる私に、そんなことを尋ねたくなったのだろう？

これも、さらにずっとあとのことだが、私は、『オタス』の著者ヴィシネフスキーの顔写真を見ることができた。一九五九年生まれ。……あの男は、ひょっとしたら、ヴィシネフスキーその人だったのではないか？　顔写真を見つめ、そんなことも考えた。

○

二〇〇三年夏のことである。私は、ゲンダーヌの妹、北川アイ子さんにお目にかかり、話をうかがった。そのときもアイ子さんは網走市内の病院に入院しておられたが、面会室のような個室をあらかじめ用意してくださっていた。ちなみに、私がサハリン・ポロナイスクの金山秀子さん宅で、いっしょに夕食をごちそうになった市役所の先住民族担当職員キタジマ・リューバさんは、この北川アイ子さんの姪にあたる。

戦争が終わって、一〇年が過ぎたのち――。シベリア抑留の「刑期」を終えた兄ゲンダーヌが、日本本土に「帰還」することを選ぶことにしたとの言づてを、北川アイ子さんら親族たちは、抑留先からサハリンに戻ってきたニヴヒの朝太郎から受け取った。この人も、戦時下には、日本軍のトナカイ部隊で牧夫として働いていた。やがて、網走に身を落ち着けたゲンダーヌから、一族皆でいっしょに暮らしたいので、日本に引き揚げてこないかと手紙が来た。父や姉たちは、それから三年後に網走に向かった。だが、アイ子さんは、それからも、さらに長いあいだサハリンにとどまって暮らしつづけた。

北川アイ子さんは、一九二八年生まれ。父のゴルゴロ（五郎）は、サマ（シャーマン）だった。病気平癒を祈願するとき、予言を聞こうとするとき、部落の平穏を祈るとき……サマたちは月夜に集まり、踊りながら、招神の状態に入っていく。アイ子さんも、踊るのが大好きな少女になった。

戦後まもなく結婚した。相手のゲルゴールという人はエヴェンキで、父親ほど年が離れていた。ヴィノクロフの下で、トナカイの世話などをしていた人である。戦時中には、アイ子さん自身も、日本軍への勤労奉仕で、中敷香にあったトナカイ部隊の牧場の近くで、餌にする苔を集めたり、薬用にするフレップ（こけもも）の葉を摘んだりした。日本の敗戦を迎えるのも、この中敷香でのことだった。

戦後、やがて夫のゲルゴールがソ連軍に逮捕され、シベリアに連れていかれた。日本軍のために働いた者、また、ヴィノクロフの下で働いた者から、逮捕の手がまわっていくようだった。

ゲルゴールは、戦争前にも、よくソ連領に出入りしていたようだから、目をつけられていたのだろうという。ソ連側からトナカイを盗んできた、という話もあった。彼と結婚して、わずか半年後に、ソ連の軍人が四人現われて、理由も告げることなく、ゲルゴールはシベリアに連れていかれてしまった。

アイ子さんは、その後、オタスから佐知、さらにポロナイスクの町なかに移って、暮らしていた。彼女のところにも、ソ連兵はやってきた。日本軍のスパイだった人間をあぶり出そうとしているようだった。

ゲルゴールがシベリアからサハリンに帰ってきたとき、当初、アイ子さんはそれを知らずにいた。このとき、すでにアイ子さんには、二度目の結婚相手である朝鮮人の権《クオン》さんとのあいだに、三人の子どもがいた。あるいは、ゲルゴールも、そうしたことを耳にしていたので、サハリンに戻ってからも、あえてアイ子さんには知らせずにいたのかもしれない。

ゲルゴールが戻ってきていることがわかったとき、権さんも、「ケンカして別れたわけではないんだから、会いにいってこい」と言ってくれて、バスに乗って訪ねていった。ゲルゴールは、そのとき、すでにべつのウイルタの婦人と一緒になっていた。

二度目の亭主、権さんと所帯を持ったのは、一九五二年。権さんは一五歳のとき、日本の植民地だった朝鮮から、樺太まで無理やり連れてこられて、炭鉱で働いていた人である。戦後は、ポロナイスクの漁網工場で働いて、アイ子さんもそこでの同僚だった。のんべえの漁師でもあり、六歳年上だった。その後も子どもは生まれて、全部で六人の子持ちになった（うち一人は早世）。

網走に身を落ち着けた兄のゲンダーヌから連絡が来たのは、一九五六年。三年後、父のゴルゴロや姉たちは日本に移る。だが、アイ子さんは、そのまま戦後のサハリンで二〇年余りを過ごして、網走に一家七人で引き移ったのは、一九六七年のことだった。

ソ連社会のサハリンになってからも、アイ子さん夫妻は、ソ連国籍を取得せず、無国籍にとどまることをあえて選んでいた。そのあいだは監視の目が厳しく、自由に動けなかった。毎日、何時に出かけて、何時に戻るとか、いちいち当局に申し出ないといけない暮らしだった。一九六〇年代に入ってから、やっと夫婦でソ連国籍を取得して、その四年後、日本に移った。

網走に来てからは、農家の下働きをした。芋選り、草取りなど。夫の権さんは働かず、生活保護を受けていた。

そのうち、権さんの朝鮮人の仲間が五、六人来て、彼を東京に連れていった。出稼ぎに行くと言っていたけれども、それきり戻らない。祖国の郷里に帰りたいと、よく言ってぃた。どんなに郷里に帰りたかったかと思うと、そうやって消息を絶ってしまったことも、責める気にはなれない——。

サハリン島で出会った女たちから、私は幾度も、これに似た話を聞いた。その島で余儀なく暮らした者は、誰もが望郷の念が強かった。なかでも、灼けるような帰郷の望みを抱きつづけたのは、強制的に連れてこられて樺太の炭鉱などで働いた朝鮮人の男たちだった。

戦争が終わり、故国が「解放」されると、さらに思いはつのる。

戦争中、朝鮮は日本の植民地だった。だが、日本の敗戦にともない、朝鮮人は「日本人」という属性をも喪失させられ、日本本土への引き揚げから取り残された。やがてソ連は北朝鮮と「友邦」となる。だから、北朝鮮に行くのはわりにたやすいのだが、より多くのサハリンの朝鮮人は、朝鮮南部、つまり、のちの「韓国」にあたる地域に、帰るべき故郷があった。東西対立の世界情勢のなか、ソ連と韓国のあいだに国交が成立する見通しは得られない。だが、それでも、韓国への帰国を望む者たちは、あえてソ連国籍を取らずに、無国籍にとどまって、希望のかなう日を待ちつづけた。

アイ子さんの場合も、韓国への帰郷を望む夫の権さんに連れ添って、不自由を受け入れ、一九六三年ごろまで無国籍で通していたのだろう。ソ連社会で無国籍の立場にとどまることは、孤立と受難のなかに、あえてわが身を置くことを意味していた。ソ連という体制への帰属と忠誠を誓わない、潜在的な敵対外国人という扱いを受けたからである。

だが、帰郷を熱望する朝鮮人の男たちは、もしも日本人の女と夫婦関係を持つことができたなら、伴侶として日本までの「引き揚げ」の権利は得ることができる――。それを考えずにおれないところがあった。それさえかなえば、あとは韓国人として、たやすく故郷に渡ることができるだろう。

アイ子さんには、日本の網走に受け入れてくれる肉親たちがすでにおり、彼女自身にも国籍を得られる見通しがあった。日本領樺太のウイルタとして暮らしたあいだも、アイ子さんらは日本の「戸籍」を持たなかった。ただ、樺太庁敷香支庁庶務課土人係が作成した「原住民人名簿」が、便宜上「戸籍」に代わるものとされていた。だから、いまや彼女たちが〝日本人〟であるための要件を満たしていることは、日本国家も否定できないことだった。とはいえ、幼いおおぜいの子どもを抱えて、生まれ故郷のサハリンを離れることへの不安が、彼女の気持ちを占めてもいた。それでも、アイ子さんと権さんの夫妻は、一九六七年に至って、いよいよ日本の網走に一家七人で移る決心をした。

だが、これさえも、いまとなっては、この人の生きた軌跡の表層をなぞっているのに過ぎないのだと感じられる。

なぜ、サハリンでは、アイヌの「最後の一人」まで、すでに絶えたものとされているのか？　現地での滞在中、この疑問が胸中で消えなかった。

第二次世界大戦下、日本領樺太に暮らすアイヌは、皆が「日本国籍」を持っていた。この点は、ウイルタの北川アイ子さんら、ほかの北方先住諸民族の人びとと、明確に違っている。

一九三二年末の勅令で、日本領樺太在住のすべてのアイヌを一九三三年一月から日本国籍に就籍させるという法改正が行なわれた（昭和七年勅令第三七三号・樺太施行法律特例中改正）。これを受け、樺太各地のアイヌの集住地にある一〇カ所ばかりのアイヌ児童らの「教育所」は、すべて「尋常小学校」に改編されて、正規の学制に組み込まれる。以後、樺太庁管内の「教育所」は、アイヌ以外の先住民族の子弟らが通うオタスの一カ所のみとなる。（当時、大日本帝国の版図全体では、ほかに、台湾の山地の原住諸民族の子弟に向けた「教育所」が、台湾総督府のもとで設けられていた。）

アイヌの「日本国籍」をめぐる移りゆきには、絶えず、日ロ間の国境交渉をめぐる経緯が反映されている。

日露和親条約（一八五五年）の締結に向けた交渉では、アイヌの扱いが一つのかなめをなした。当初、この条約には、日本人と「蝦夷アイノ〈アイヌ〉」が居住してきたサハリン島のクシュンコタン（のちのコルサコフ、大泊）周辺は「日本所領」とみなすという附録文書を添える方向で協議が進んだからである。ロシア側は、この協議なかばで、「蝦夷アイノ」の表記を「蝦夷島アイノ」と改めたいとの要望を示す。当時、蝦夷地の概念には、北海道本島のほか、樺太（サハリン島）や千島の島々も含まれた。だから、ロシア側としては、「日本所領」の領域が、これによって拡大解釈されることを警戒し、「蝦夷島〈北海道本島〉アイノ」という、より限定的な表現をとりたいと考えたのだろう。結局、協議の紛糾を回避するため、附録文書の添付は見送られる。

続く樺太千島交換条約（一八七五年）でも、サハリン島と千島列島（クリル諸島）、両地におけるアイヌの存在が焦点となる。この条約は、両地の先住民たるアイヌに、日本国籍かロシア国籍、どちらかの取得を強いた上で、その国籍と一致する地で暮らすことを求めたからである。これにより、ロシア領となるサハリン島で日本国籍を選んだアイヌ（八四〇人余り）は、同島を去って、北海道の宗谷に集団移住し、さらに石狩地方の対雁《ついしかり》への再移住を強要された。一方、日本領となる千島列島のアイヌで、ロシア国籍を選んだ者は、ロシア領のカムチャツカ半島へと移住しなければならなかった。さらに、千島列島北東端の占守島（シュムシュ島）のアイヌで、日本国籍を選んだ者も、より国境から離れた南千島の色丹島への移住を求められた。

一九〇五年、日露戦争終結に伴うポーツマス条約で、南サハリン（南樺太）が日本領となると、北海道の対雁に集団移住していた樺太アイヌたちが、郷里の地に帰還してくる。対雁でコレラや天然痘が流行して三〇〇人以上が犠牲となっており、日本領樺太に帰還できた人びとは四〇〇人たらずだった。彼らは、日本国籍を持っている。一方、サハリンがロシア領だった時期からずっと当地で暮らしてきたアイヌは、ロシア国籍のままだった。その後、一九一七年のロシア革命を経て、ソヴィエト政府は旧「ロシア国民」に新しく「ソ連国民」としての再登録を求めた。南サハリン在来の「ロシア国籍」のアイヌたちは、これによって国籍を失い、「無国籍」の状態に戻る。つまり、一九三三年、天皇の名による勅令で、日本領樺太在住のすべてのアイヌに「日本国籍」を付与するとした法改正は、こうした無国籍の状態にあるアイヌを就籍させるための措置だった。

日本は、一九四五年の敗戦で、南サハリンの領有を放棄する。これに伴い、現地のアイヌの大半も、「日本人」として日本内地に引き揚げた。だが、およそ一〇〇人程度のアイヌが、なんらかの事情でソ連領となった南サハリンに残留したと言われている。

一九七九年の時点で、アイヌはソ連（のちにロシア）政府の少数民族の公式リストから除外されている。アイヌ語の話者が絶え、社会的・文化的にロシア人とほぼ同化していることが、その理由とされた。現在では、国勢調査などで、自身の民族名を「アイヌ」と回答しても、当局は却下する方針をとっている模様である。

将来の北方領土をめぐる国境交渉においても、双方の領域にまたがるかたちで「アイヌ」という先住民族の存在を認めることは、どちらの国家にとっても厄介なことなのではないか。

日本の敗戦を迎えた一九四五年八月一七日ごろのこと――。オタスの教育所に、顔なじみの敷香支庁の土人係の職員たちがやってきて、ウイルタの北川アイ子さんら、先住民族の子どもたちを集めた。そして、このように話しだす。

「日本は戦争に負けたからソ連が侵入してくる。樺太にいる日本人は引き揚げるが、みんなはもともとロシアの人間だからここにいても大丈夫だ」

これを聞き、一七歳のアイ子さんは、目の前が真っ暗になった。何のためにこれまで一生懸命になってきたのか、すべて日本という国のためだったのではないのか。その日本が戦争に負けたからといって、自分たちを置き去りにするとは……。

教育所の川村先生にも食ってかかった。先生は、何も弁解めいたことは言わなかった。日本に引き揚げていくとき、川村先生は、「自分の教えていたことが間違っていた」と、アイ子さんに謝った。そして、「あなたはこれから自分の考えでやっていけるね」と言った。

「できるよ」

と、彼女は答える。

「――そのかわり、わたしはウイルタには戻らないし、日本人にもならない」

それが、本心だった。ここを起点に、それからのアイ子さんは生きてきた。

サハリン島を旅してから、二〇年余りの歳月が流れた。ここに記した人たちの多くも、いまはもう没している。

世界を文学でどう描けるか――。

旅から戻って、しばらく、私は、この自問を前に、ただ立ち尽くすしかなかった。

ツンドラの平原のあちらこちらで、自然発火してくすぶる煙がたなびく。その先に、町ごと打ち捨てられた、廃墟の群れが見えてくる。こんな風光のなか、人びとは何を語らって生きているのか?

北サハリンのタイガへと続く砂地の広がりのなか、高い位置に窓がある収容所《グラーグ》の建物が、白壁に夕陽を映す。すでに朽ちてきていて、人影は見あたらない。

それでも、村まで至れば、男と女は子どもをなし、何かを食べさせ、遊ばせながら、育てている。この世界のなか、人はここでも暮らしていく。

旅の翌年、二一世紀最初の年、9・11の米国同時多発テロが起きる。崩れ落ちるマンハッタンのツインタワー、逃げ惑う人びとの映像を見た。破滅的な爆風が湧き上がっていくアフガニスタン上空からの衛星画像も。

だが、いまの私たちの想像力は、テレビやインターネットの視野に拘束される。さらに外へと広がる光景に、どうすれば触手を伸ばすことができるのか？

私は、創作で、何かを伝えることができるだろうか。

物語とは、何に始まり、どこに向かうものなのか？　素朴な自問が、大きな難問となり、私にのしかかってきた。

メアリー・シェリーは、サンチョ・パンサに、こう語らせる。


何事にも始まりというものがなければならず、その始まりはもっと前からあった何かとつながっておらねばならん。

（『フランケンシュタイン』一八三一年版、序文）


それでも、歳月を重ねるにつれ、問いも形を移していく。

一九六二年、キューバ危機のさなかに、九〇歳になった英国の老哲学者バートランド・ラッセルは、

――あなたは、若いころ、パーシー・ビッシュ・シェリーの詩が好きでしたね。いまでも同じように感じていますか？――

と尋ねられ、こんなふうに答えている。前年に、彼は、ロンドンの国防省前で自国の核政策に抗議の座り込みをして逮捕、八九歳にして生涯で二度目の入獄をしてきたばかりだった。


シェリーが好きだったのは、彼は世界がどうなるかのビジョンを持っていたからだ。いまでも、その点でシェリーが好きだ。とはいえ、その夢を実現するのは、シェリーが考えてたよりはるかに困難なことだよ。シェリーは王と聖職の結びつきが障害だと思っていた。それが排除できれば、世界は幸せになれると言った。この結合はすでにない。でも、われわれは幸せじゃない。

（スタッズ・ターケル「ナポレオンと握手をした人と握手をした人」）

陽射しのなかに佇んでいるつもりだったが、いつのうちにか時が過ぎ、自分の立つ場所も陰の領域に入っている。そういうことがある。だが、これによって、初めて私は、小暗さの内側から声を発することができるのだ。ものごとの内側に立つことなしに、作家は、自分の声で語れない。そのときが来るまで、じっと耐えながら待つしかないのではないか。対象をよく見て、考えなおし、正確さを心がけつつ、ひとつの文を書いてみる。主語、述語、目的語。作家とは、その繰り返しに、飽きることがない者のことだろう。

これが世界というものなのではないか？

いまは、ただ、それだけのことを書き留めておきたいという気持ちになった。

あとがき

胸の奥に長くわだかまっていながら、果たしきれていない仕事がある。二〇〇〇年秋、サハリン島への旅は、私にとって、そこへと続く入口だった。

この「世界」は、それぞれの土地に散らばり生きる人びとに、いったい、どういう意味を持つのか？

ある地を訪ねて、そこで自分が見たこと、感じたことを、読者に正確に伝えることなど、できるのだろうか？

他愛のない疑問である。だが、ここから目を外《そ》らしたままでは、ものを書くことができない、と感じるようになった。これらの問いに、つねに足首を摑まれている。その不安から離れられずに、私は自分の四〇代を過ごした。この感触は、いまも自分のなかに残っている。

そのころ、「世界文学の構想」（「すばる」二〇〇八年一〇月号）という四百字詰め原稿用紙六〇枚ほどの小論を書いている。この「世界」とは何か、という問いを主題とする文学作品（メアリー・シェリー『フランケンシュタイン』など）の系譜に着目し、そこでどういうことが構想されているのかを論じようとするものだった。さらに書き継ぐことも考えたが、それでは、この小論を立てた「動機」がかえって薄らぐように思えて、たなざらしのまま残してきた。

サハリン島を旅したとき、私は三九歳。「世界文学の構想」を書いたときには、四七歳となっていた。最初の自問に対して充分に答えきれないまま、さらに歳月を重ね、現在の私は、まもなく六二歳になろうとしている。

人間の思索には、先へと考えを進める「期待」の次元に立つものと、さかのぼって咀嚼することに深度を求める「回想」の次元に立つものがある。つまり、「試論《エッセ》」と「回想《メモワール》」という二つの文芸ジャンルは、こうした人生の局面で対をなすとも言えるだろう。年齢を重ねてくると、いま自分の足もとから、これら二つの尾根が、それぞれの方向に、少しずつ薄れながら延びていくのが感じられる。

私は、今回、この二つの尾根の峻別に意識を置きつつ、そもそも作家が「世界文学の構想」ということを思いたつ、その「動機」に向きあって書いていきたいと考えた。

前著『旅する少年』（春陽堂書店、二〇二一年）の担当編集者だった堀郁夫さんが、出版人として独立し、「図書出版みぎわ」を単身で創業される。最初の本を出版してくださるとのことで、この主題を選び、新たに書き下ろすことにした。

本文中ではあえて触れていないが、二〇〇〇年秋のサハリン島への旅では、伴侶の瀧口夕美が道づれだった。一緒に暮らしはじめて、まもない時期である。英会話などは彼女のほうが格段にできるので、現地で英語通訳を介さねばならないおりなどには、ずいぶん助けられた。この旅に誘った当初、北海道の阿寒湖アイヌコタン育ちの彼女は、「どうせ網走みたいなところでしょう」と、故郷近辺の風景に重ねて、乗り気薄だった。だが、のちには、このときの旅にも触れながら、彼女の最初の著書『民族衣装を着なかったアイヌ』（編集グループSURE、二〇一三年）を書いている。

本書『世界を文学でどう描けるか』の表紙カヴァーには、写真家・米田知子さんから、サハリン島の北緯五〇度線付近の未舗装の道を行く作品を提供していただいた。私自身が現地に立ったときと同じ風光である。米田さんから拙著の表紙カヴァーに作品提供を受けるのは、『暗殺者たち』（ハルビン駅）、『国境〔完全版〕』（鴨緑江）、『岩場の上から』（サラエヴォ市街）に続き、四度目となる。お互い、まったく別べつに、それぞれの仕事をしているのだが、関心の重なりに励まされてきた。

ロシアによるウクライナとの戦争が始まって以来、日本からロシアへの郵便物はいっさい受け付けてもらえない状態が続いている。それでも、電子メールはやりとりできる。

こういう状況下でも、本書を執筆するなか、私からの求めに応じて電子メールで必要なことを伝えてきてくれる友人が、現在のロシア国内にいた。感謝とともに、そのことをここに記しておく。

二〇二三年一月三〇日

黒川　創

主要参考文献

・ジョン・J・ステファン『サハリン――日・中・ソ抗争の歴史』安川一夫訳、原書房、一九七三年（原著は一九七一年）
・和田春樹『開国――日露国境交渉』日本放送出版協会、一九九一年
・志賀重昂『大役小志』博文館・東京堂、一九〇九年
・大鵬幸喜『巨人、大鵬、卵焼き――私の履歴書』日本経済新聞社、二〇〇一年
・ジョージ・オーウェル『一九八四年』高橋和久訳、ハヤカワepi文庫、二〇〇九年（原著は一九四九年）
・ゲーテ『ゲーテと読む世界文学』高木昌史編訳、青土社、二〇〇六年
・エッカーマン『ゲーテとの対話』山下肇訳、全三冊、岩波文庫、一九六八〜六九年（原著は一八三六年）
・メアリー・シェリー『フランケンシュタイン』山本政喜訳、角川文庫、一九九四年（原著は一八一八年。一九三一年版序文はオックスフォード大学出版局刊など。創元推理文庫版『フランケンシュタイン』森下弓子訳に、その日本語訳がある）
・ウィリアム・ゴドウィン『政治的正義（財産論）』白井厚訳、陽樹社、一九七三年（原著初版は一七九三年。本書は、第三版〔一七九八年〕第八篇「財産について」の翻訳）
・ウィリアム・ゴドウィン『メアリ・ウルストンクラーフトの思い出』白井厚・堯子訳、未来社、一九七〇年（原著は一七九八年）

・ゲオルク・ブランデス『十九世紀文学主潮』吹田順助ほか訳、全一〇冊、春秋社、一九三九〜四〇年（原著は全六巻、一八七二〜九〇年）
・ピョートル・クロポトキン『ある革命家の手記』高杉一郎訳、全二冊、岩波文庫、一九七九年（原著は一八九九年）
・シャトーブリアン『アタラ・ルネ』辻昶訳、旺文社文庫、一九七六年（原著は『アタラ』一八〇一年、『ルネ』一八〇二年）
・アンドレ・モーロワ『シェリイの生涯』山室静訳、ダヴィッド社、一九五五年（原著は一九二三年）
・アポロドーロス『ギリシア神話』高津春繁訳、岩波文庫、一九五三年（原著は紀元一〜二世紀ごろ）
・ニコライ・ヴィシネフスキー『オタス』極東書籍出版サハリン支社〈ユジノサハリンスク〉、一九九四年（ロシア語）
・ニコライ・ヴィシネフスキー『トナカイ王──北方先住民のサハリン史』小山内道子訳、成文社、二〇〇六年（『オタス』の日本語訳）
・林えいだい『証言・樺太朝鮮人虐殺事件（増補版）』風媒社、一九九二年
・鳥居龍蔵『人類学及人種学上より見たる北東亜細亜』岡書院、一九二四年
・鳥居龍蔵「北樺太の民族に就いて」、『黒龍江と北樺太』生活文化研究会、一九四三年
・『北樺太──探険隊報告』大阪毎日新聞社、一九二五年

・川村秀弥採録『カラフト諸民族の言語と民俗』網走市北方民俗文化保存協会、一九八三年
・河野廣『幻の馴鹿部隊』私家版、一九九一年
・上田誠吉『ある北大生の受難――国家秘密法の爪痕』朝日新聞社、一九八七年
・上田誠吉『人間の絆を求めて――国家秘密法の周辺』花伝社、一九八八年
・山崎淑子編著『ブランコ・ヴケリッチ　獄中からの手紙』未知谷、二〇〇五年
・片島紀男『ゾルゲ事件　ヴケリッチの妻・淑子――愛は国境を越えて』同時代社、二〇〇六年
・重松一義編著『北海道行刑史』図譜出版、一九七〇年
・重松一義『博物館網走監獄』網走監獄保存財団、二〇〇二年
・扇貞雄『ツンドラの鬼（樺太秘密戦編）』私家版、一九六四年
・田中了、ダーヒンニェニ・ゲンダーヌ『ゲンダーヌ――ある北方少数民族のドラマ』徳間書店、一九七八年
・大沼保昭『サハリン棄民――戦後責任の点景』中公新書、一九九二年
・北川アイ子『私の生いたち』北方少数民族資料館ジャッカ・ドフニ、一九八三年・復刻二〇〇一年
（同題の異本がある）
・瀧口夕美『民族衣装を着なかったアイヌ――北の女たちから伝えられたこと』編集グループＳＵＲＥ、二〇一三年
・樺太終戦史刊行会編『樺太終戦史』全国樺太連盟、一九七三年
・金子俊男『樺太一九四五年夏――樺太終戦記録』講談社、一九七二年

・アナトーリー・チモフェーエヴィチ・クージン『沿海州・サハリン　近い昔の話――翻弄された朝鮮人の歴史』岡奈津子・田中水絵訳、凱風社、一九九八年（原著は一九九三年）
・ミハイル・スタニスラヴォヴィチ・ヴィソーコフほか『サハリンの歴史――サハリンとクリル諸島の先史から現代まで』板橋政樹訳、北海道撮影社、二〇〇〇年（原著は一九九五年）
・エレーナ・サヴェーリエヴァ『日本領樺太・千島からソ連領サハリン州へ　一九四五年―一九四七年』小山内道子訳、成文社、二〇一五年（原著は二〇一二年）
・ニコライ・ヴィシネフスキー『樺太における日ソ戦争の終結　知取協定』小山内道子訳、御茶の水書房、二〇二〇年（原著は二〇一七年）
・樺太アイヌ史研究会編『対雁の碑――樺太アイヌ強制移住の歴史』北海道出版企画センター、一九九二年
・スタッズ・ターケル「ナポレオンと握手をした人と握手をした人」、『インタヴューという仕事!』中山容ほか訳、晶文社、一九八四年（原著は一九七三年）
・黒川創編『満洲・内蒙古／樺太』（〈外地〉の日本語文学選2）新宿書房、一九九六年

〇

・ウラジーミル・サンギ「ロシアからみた今世紀のサハリンの少数民族」田原佑子訳、『講座「サハリン少数民族の過去と現在」』北海道立北方民族博物館、一九九八年

・伊藤悟「樺太のトナカイ王について」（同前）
・有島武郎「クロポトキン」、「新潮」一九一六年七月号
・ウイノクロフ「憐れなる北方民族よりの意見書」1〜5、「樺太日日新聞」一九三四年四月二二日、同月二四〜二六日、同月二九日
・「ソ連邦人エリメイ・アファナーシウイッチ・チーハノフ外七名に対する軍機保護法違反被告事件判決竝其の公判概況（樺太地方裁判所検事局報告）」、司法省刑事局「思想月報」第七五号、一九四〇年九月
・「アンドレー・ニコライウイチ・ソロウイヨフに対する軍機保護法違反竝国境取締法違反被告事件第一審判決（樺太地方裁判所報告）」、司法省刑事局「思想月報」第九四号、一九四二年五月
・ニコライ・ヴィシネフスキイ「大鵬の父親サハリンに死す」、「文藝春秋」二〇〇一年五月号
・青柳文吉「サハリン先住民族の〈戦前〉を考える」、『平成14年度　普及啓発セミナー報告集』財団法人アイヌ文化振興・研究推進機構、二〇〇三年
・北川アイ子「『オタス』の暮らしとわたし」、『樺太一九〇五―四五――日本領時代の少数民族』北海道立北方民族博物館、一九九七年
・山田祥子「ウイルタをとりまく文化の渦巻き模様――人々のことばをとおして」、『ウイルタとその隣人たち――サハリン・アムール・日本　つながりのグラデーション』北海道立北方民族博物館、二〇一一年
・黒川創「世界文学の構想」、「すばる」二〇〇八年一〇月号

【著者略歴】

黒川創（くろかわ・そう）

作家。1961年京都市生まれ。同志社大学文学部卒業。
1999年、初の小説『若冲の目』刊行。2008年『かもめの日』で読売文学賞、13年刊『国境［完全版］』で伊藤整文学賞（評論部門）、14年刊『京都』で毎日出版文化賞、18年刊『鶴見俊輔伝』で大佛次郎賞を受賞。
主な作品に『もどろき』、『イカロスの森』、『暗殺者たち』、『岩場の上から』、『暗い林を抜けて』、『ウィーン近郊』、『旅する少年』、『彼女のことを知っている』、評論に『きれいな風貌　西村伊作伝』、『鷗外と漱石のあいだで　日本語の文学が生まれる場所』、編著書に『〈外地〉の日本語文学選』（全3巻）、『鶴見俊輔コレクション』（全4巻）などがある。

カバー写真　米田知子

北緯50度、旧国境（2012）、シリーズ　『サハリン島』より
The 50th Parallel: Former border between Russia and Japan, 2012
from the series, The Island of Sakhalin

協力：シュウゴアーツ

表紙図版
ニコライ・ヴィシネフスキー『オタス』
（極東書籍出版サハリン支社〔ユジノサハリンスク〕、ロシア、1994年）

世界を文学でどう描けるか

2023年3月10日　初版第1刷　発行

著　者　黒川 創

発行者　堀 郁夫

発行所　図書出版みぎわ
〒270-0119
千葉県流山市おおたかの森北3-1-7-207
電話　090-9378-9120
FAX　047-413-0625
https://tosho-migiwa.com/

装　丁　宗利淳一

印刷・製本　株式会社　精興社

ISBN978-4-911029-00-8　C0095